Bien Trop Brutal

Chloé est tombée amoureuse de l'un des assassins de ses parents

Ashley Colem

BIEN TROP BRUTAL

First edition. October 2, 2023.

ISBN: 979-8223128212

Written by Ashley Colem.

Also by Ashley Colem

Bien Trop Brutal
Obsede Par Elle
Limite dépassée
Amour Improbable
Kataliya, la Parfaite Élue
Le Choix Ultime d'un Seul Amour
Sexe à Répétition
Taïna est en feu

Le jour de son mariage, Chloé découvre que l'homme qu'elle pensait épouser n'était pas Roman Smith, mais Roman Sidorov, membre de la Zaitsev Bratva. Les personnes responsables du meurtre de ses parents et de son frère. Même si elle le déteste parce qu'il lui a menti, Chloé ne peut nier qu'elle l'aime. Ils sont mariés maintenant. Il n'y a pas de retour en arrière.

Roman a été envoyé pour la tuer. Il avait bien l'intention d'aller jusqu'au bout, mais chaque jour où il revenait, il ne pouvait se résoudre à le faire. Alors, il l'a fait tomber amoureuse de lui. Il ne sait pas ce qu'est l'amour. Tout ce qu'il sait, c'est qu'il doit garder Chloé.

Lorsque Zaitsev prend une décision, la vie de Chloé est en jeu. Roman doit faire un choix, sauver sa femme ou exécuter l'ordre qui lui a été donné.

Chapitre 1

Chloé Baker s'est dit qu'elle n'allait pas pleurer, même si les larmes lui remplissaient les yeux et que son cœur avait l'impression de se briser. Elle aurait dû le savoir, et maintenant elle se sentait encore plus stupide qu'elle ne l'avait jamais été de toute sa vie.

Son mari depuis exactement trois heures avait reçu l'ordre de l'épouser. Romain Sidorov. Lorsqu'ils s'étaient rencontrés il y a un an, elle le connaissait sous le nom de Roman Smith. Il était censé être un petit homme d'affaires qui possédait quelques restaurants, mais c'était très loin de la vérité.

Il était membre de la terrifiante Zaitsev Bratva. Ils dirigeaient la ville. Elle ne les avait pas affrontés individuellement, mais c'était la raison pour laquelle elle n'avait pas de famille. Ses parents ainsi que son frère rentraient du cinéma en voiture et ont été pris entre deux feux. Ils avaient été tués par des balles perdues.

Chloé avait perdu tout le monde cette nuit-là. Ses parents n'avaient pas laissé de testament, elle n'avait donc pas pu garder sa maison. Elle n'a eu d'autre choix que de déménager, vendant tous ses biens afin de trouver un logement.

Elle a travaillé comme barman jusqu'à l'arrivée de Roman.

Le bar appartenait à la Zaitsev Bratva. Tout cela a du sens maintenant. Chloé avait juré de les faire tomber, et étant une femme ronde, elle était capable de se fondre dans les lieux parce que tout le monde la négligeait, et elle avait vu certaines... choses.

Chloé pensa au flic qu'elle allait voir. Il a dû être dans le coup aussi. Payé par la Bratva pour détourner le regard. Il l'a vendue.

Roman était venu au bar tard dans la nuit pour demander à boire. C'était Chloé qui le servait. La première nuit, il n'a rien dit, ni la seconde. Pendant une semaine entière, il venait, commandait un verre, le buvait rarement, puis repartait. C'est au cours de la deuxième semaine qu'il commença à lui parler. Cela a commencé comme une petite conversation. Il évoquait sa journée, mentionnait son travail et il avait l'air d'un gars sympa.

Elle attendait avec impatience ses visites, les anticipait même. Après la douleur de perdre sa famille, elle ne pensait plus qu'il était possible de profiter à nouveau de la vie, mais Roman a changé la donne. Il lui a fait ressentir. Il l'a aidée à faire la paix. Il n'avait aucune idée qu'elle envisageait de détruire la Bratva – du moins, elle ne le pensait pas, jusqu'à aujourd'hui.

Le jour de leur mariage.

Le premier choc fut lorsqu'elle entra dans l'église et vit tous les invités. Elle n'avait pas d'amis, mais Roman avait rempli l'église. Au moment où elle arrivait au bout de l'allée, elle avait repéré trois personnes de la Zaitsev Bratva, et à ce moment-là, elle l'avait su.

Le choc géant suivant fut qu'elle pensait épouser Roman Smith, mais qu'elle était devenue Chloé Sidorov.

Et bien sûr, les photos du mariage. Elle a dû se tenir aux côtés des hommes responsables du meurtre de sa famille. Elle n'a pas fait de scène. Elle est restée polie, a souri et s'est comportée comme la bonne petite fille que sa mère lui avait appris à être dans ces contextes.

Une fois arrivés à la réception, tout avait changé.

Roman était resté sur son téléphone portable pendant tout le voyage. La personne polie en elle avait lutté, mais elle était restée calme. Elle n'avait pas provoqué de scène. Elle était restée assise là pendant qu'il passait son appel, puis elle avait attendu.

Au moment où ils arrivèrent à leur réception, Roman l'abandonna. Elle ne connaissait personne. Personne. Il lui était donc facile de s'enfuir, de retrouver Roman, de découvrir ce qui se passait.

"Eh bien, je dois dire, Roman, tu m'as surpris. J'ai suggéré que la fille devait mourir et vous l'avez épousée.

« Elle ne posera aucun problème. Je vais m'en occuper."

« J'ai le sentiment que vous allez avoir du pain sur la planche. Il n'y a aucun moyen de cacher qui tu es maintenant.

« Tu m'as dit de m'en occuper, je l'ai fait. Chloé a ses... utilisations.

Tout cela n'avait été qu'un coup monté. Roman entre dans le bar. Ce n'était pas un homme d'affaires normal. Il était membre de la Zaitsev Bratva. L'encre sur son corps aurait dû être une indication, mais ce n'était pas le cas.

Chloé poussa un cri alors que les bras s'enroulaient autour de sa taille. Après avoir découvert la vérité, elle avait tenté de s'enfuir. Les gardes à l'entrée principale avaient refusé de la laisser passer. Elle n'avait d'autre choix que d'essayer de se faufiler devant la cuisine. Cela n'avait pas fonctionné.

Il y avait plusieurs chambres à l'hôtel, alors elle s'est faufilée dans l'une d'entre elles, a trouvé une fenêtre qui s'ouvrait et en est sortie, essayant de courir à travers les jardins pour trouver une sortie.

"Laisse-moi partir !" Elle essaya de frapper la main qui la tenait, mais cela ne servit à rien.

Chloé a refusé d'abandonner. Elle poussa un cri et réprimanda à nouveau la chose qui la retenait. Ce n'était pas romain. Elle reconnaîtrait ce contact n'importe où. Elle allait être malade.

Elle avait donné sa virginité à Roman. Il n'y avait aucune partie de son âme qu'elle ne lui avait pas ouverte.

Une nouvelle vague de colère l'envahit alors qu'elle tentait d'attaquer l'homme qui la retenait captive. C'était fou. Ne pourrait-elle pas s'échapper maintenant ?

Elle frappa à nouveau ses mains, essayant de se libérer. Ce n'était pas facile pour ce gars. Elle n'était pas une femme légère, et ce depuis longtemps. Chloé avait envie de crier parce que peu importe ses efforts, il refusait de lâcher prise. Un homme insupportable.

La colère l'envahit.

Ils étaient de retour à l'intérieur de l'hôtel, et la prochaine chose qu'elle savait, c'est qu'elle était jetée par terre. Elle aperçut le lit du coin de l'œil, puis les deux pieds – les deux pieds de Roman, dans ce qui semblait être du cuir italien, bien sûr. Encore une petite information à laquelle elle aurait dû prêter attention. Roman avait toujours des costumes parfaitement ajustés. C'était comme si le costume avait été fait pour lui, et d'après ce qu'elle pouvait voir, celui-ci l'était. Cher.

Tout chez lui criait à l'argent. Elle pensait qu'il n'était qu'un bon petit homme d'affaires et qu'il lui devait peut-être quelques faveurs en cours de route. Elle n'avait aucune idée de l'étendue de ces faveurs.

Rien de tout cela n'était vrai. On ne lui devait aucune faveur. La peur l'a aidé à obtenir ce qu'il voulait.

"Chloé, j'essaie de fuir... Je ne pensais pas que tu étais le genre de femme à fuir un problème", a déclaré Roman.

Elle serra les poings. Comment osait-il? Finalement, après plusieurs secondes, elle leva la tête et le regarda.

"Et je ne m'attendais pas à ce que tu mentes pour obtenir ce que tu veux."

Il s'accroupit, les pieds levés, et il tendit la main pour lui prendre le menton. Elle recula brusquement, mais il l'attrapa une fois de plus, cette fois plus fort qu'auparavant. Elle n'avait aucun moyen de l'amener à la laisser tranquille.

"Je sais que tu es bouleversé, mais toi et moi savons tous les deux que tu aimes quand je te touche."

La chaleur emplissait ses joues et une certaine haine inondait son cœur.

Elle était rapide, le poussant violemment contre la poitrine, et il n'était pas préparé à son attaque. Elle chevaucha sa taille. Chloé ne pouvait rien faire d'autre que d'appuyer sur ses épaules. Elle n'était pas à la hauteur de lui en termes de force. Elle ne s'en est même pas approchée. La seule raison pour laquelle elle avait pris le dessus était qu'elle l'avait pris par surprise et que Roman la laissait faire.

« Ce n'était pas justifié. La seule raison pour laquelle je t'ai laissé me toucher, c'est parce que je pensais que tu étais quelqu'un d'autre. Tu m'as menti, et pour quoi ? Tu étais censé me tuer.

Elle haleta parce que soudain, c'était elle qui était par terre. Roman glissa ses cuisses entre ses jambes, et elle réalisa à quel point elle était vulnérable, ouverte ainsi. Il pouvait prendre ce qu'il voulait.

» Il a fait un petit bruit.

« Pourquoi devrais-je te tuer, Chloé ? Quand je sais que je peux m'amuser beaucoup plus avec toi. Il pressa ses lèvres contre son cou et elle détesta le halètement qui s'échappa.

Elle ne savait pas ce qui se passait chez cet homme, mais il semblait enflammer tout son corps. Elle n'avait aucun moyen de le contrôler. Elle se sentait complètement possédée par lui.

Ses dents mordillèrent son pouls et sa langue glissa d'avant en arrière, puis soudain, il descendit.

La robe de mariée qu'elle portait n'avait pas de bretelles et ses seins étaient retenus et confinés par un corset serré intégré à la robe. Les lèvres de Roman taquinèrent le haut de sa robe, faisant allusion à ce qu'il pourrait lui faire.

Son corps de traître était déjà en feu.

Chloé voulait le refuser.

Elle voulait le détester.

En fait, elle le détestait, mais cela ne l'empêchait pas de l'aimer aussi.

****

Roman Sidorov n'était pas connu pour faire les choses avec facilité. En fait, il avait l'habitude de faire les choses à la dure. Il n'avait aucun problème à mettre la main à la pâte lorsque l'occasion l'exigeait.

Il avait beaucoup de victoires à son actif et il était fidèle à la Zaitsev Bratva. Après la guerre de rue qui a éclaté il y a deux ans, il a appris le nombre de victimes, notamment civiles. Roman ne pleurait pas les gens. Il n'avait tout simplement aucun sentiment à leur égard, mais il travaillait selon un code. Les gens qui ne faisaient pas obstacle étaient libres de vivre leur vie.

Aujourd'hui, les personnes à bord de la voiture ont perdu la vie à cause de la négligence.

Il avait déjà tué les hommes qui avaient attaqué sans réfléchir, provoquant une scène et coûtant très cher, par différentes voies judiciaires. La Zaitsev Bratva avait des entreprises légales et illégales. Il était l'un des hommes chargés de gagner de l'argent, tout en évitant les problèmes. Roman savait qu'il en était le maître. Chaque fois qu'il y avait un problème au sein de la Bratva, quelque chose qui devait être nettoyé et réglé, c'était lui qui appelait, dans toutes les situations et dans tous les scénarios.

Puis, un an après l'incident, il a reçu un appel d'un policier salarié au sujet d'une jeune femme, Chloe Baker. Elle tentait de donner des informations pour aider à incarcérer la Zaitsev Bratva. Au début, il fut intrigué, jusqu'à ce qu'il écoute tout ce qu'elle avait – des enregistrements, des photographies –, tous venant de leur propre bar, Hugh's.

Hugh n'était pas un bar qu'il fréquentait. Les femmes qui dansaient là-bas avaient souvent désespérément besoin de goûter à la belle vie, et il n'aimait tout simplement pas ce niveau de désespoir, à moins que ce ne soit lui qui faisait la torture. Il était allé au bar, avec l'intention de découvrir qui était Chloé Baker. Il avait reçu l'ordre de régler le problème, de Zaitsev lui-même.

L'option la plus simple serait de la tuer. Seulement, Chloé l'avait intrigué dès le moment où il était entré dans le bar. D'abord, elle lui avait donné à boire sans un mot. Pas de conversation ni même de flirt. Elle n'essaya pas de rapprocher ses seins pour attirer son attention et elle était habillée comme la plupart des barmen, un long pantalon noir et une chemise. Évidemment, elle portait les versions féminines qui faisaient des choses incroyables pour sa silhouette. Il y avait un autre petit détail qui lui plaisait. Roman aimait une femme avec des courbes. Il aimait les gros seins, un joli cul juteux, des cuisses épaisses, tout ce que Chloé possédait.

Elle n'a jamais flirté avec lui. Il devait engager la conversation, et encore une fois, c'était nouveau pour lui. Au fil des années, il s'était habitué à ce que les femmes se jettent sur lui, bavant pratiquement devant le titre.

Plutôt que de tuer Chloé, il avait décidé de profiter d'elle. Il lui avait fallu dix mois pour la mettre dans son lit, et à sa grande surprise, elle était vierge, même s'il avait le pressentiment qu'elle l'était. Durant toutes ses quarante années, il n'avait jamais eu de vierge. Chloé était devenue pour lui une pure addiction. Un seul goût n'avait pas suffi, alors depuis deux mois, il l'avait appréciée chaque fois qu'il en avait l'occasion.

L'épouser était la seule solution. En tant qu'épouse, elle ne pourrait pas avoir trop d'ennuis, du moins c'était ce qu'il se disait. Il n'avait jamais prévu qu'elle découvre la vérité, pas si tôt en tout cas.

"Vous êtes malade !"

"Es-tu en train de me dire que ta chatte n'est pas mouillée pour moi en ce moment ?" Il a demandé.

En réponse, elle poussa un gémissement.

Chloé aimait quand il parlait sale. Il n'avait jamais été très bavard et quand il s'agissait de sexe, il aimait baiser. Avec Chloé, il apprenait bien plus qu'il appréciait.

Elle avait été vierge, sa vierge spéciale.

Pas plus. Il l'avait affirmé il y a deux mois. C'était la décision finale qu'il devait lui demander de l'épouser. Roman n'avait pas réalisé à quel point elle était vierge. Maintenant, il le savait. Et il adorait le fait qu'il était le seul homme à pouvoir savoir à quel point elle se sentait bien. Comme c'est serré et chaud. Il serait le seul homme à entendre ces petits halètements alors qu'il la prendrait par surprise et la pousserait de plus en plus haut.

Alors qu'il embrassait le haut de sa robe, faisant allusion à la prise de ses seins dans sa bouche, il se pencha, repoussa la robe de mariée et lui caressa l'intérieur de la cuisse. Il a commencé par son genou et a tracé le bout de ses doigts vers le haut, se rapprochant de sa chatte. Au moment où il a atteint le sommet de ses cuisses, il a saisi la dentelle de sa culotte et l'a arrachée de son corps. L'objet incriminé gênait et il voulait la toucher, peau à peau.

Il pressa sa paume contre sa chatte et glissa deux doigts entre sa fente humide. Elle était trempée de sa propre excitation. Enfonçant deux doigts au fond de sa chatte, il entra et sortit, l'entendant gémir. Elle se cambra, poussant son bassin contre lui. Avec deux doigts en elle, il pressa son pouce contre son clitoris et le caressa d'avant en arrière. Un autre gémissement.

Elle pouvait essayer de se battre autant qu'elle voulait, mais Chloé l'aimait. Elle le lui avait dit. Lorsqu'il lui avait demandé de l'épouser, elle avait été remplie de joie. Roman n'était pas un homme contrôlé par ses émotions, mais il avait adoré à quel point elle était excitée.

C'était tout pour les affaires.

Il savait exactement comment la toucher, lui mettre le feu. La robe était un problème, mais il s'en fichait.

"Dites-moi d'arrêter", dit-il.

Chloé le regarda. "Je te déteste."

"Il y a une frontière ténue entre l'amour et la haine." Il se pencha plus près, pressant ses lèvres contre son oreille. «Et je sais que tu m'aimes. Je sais que tu veux passer le reste de ta vie avec moi, en te donnant à moi.

Il a répété certains de ses vœux.

Avec une main en elle, exerçant sa magie sur sa douce chatte, il déboutonna la fermeture éclair de sa braguette avec l'autre et sortit sa queue. Il était dur comme la pierre.

Roman avait suivi sa tradition idiote selon laquelle ils n'auraient pas de relations sexuelles pendant toute la semaine. Elle avait dit que cela ferait de leur nuit de noces une véritable anticipation. Il n'avait pas besoin d'attendre une semaine entière car chaque fois avec elle était encore meilleure que la précédente.

Cette femme lui dérangeait la tête. Il ne semblait pas pouvoir se contrôler.

Passant ses doigts dans sa chatte, il pressa le bout de sa bite contre son entrée, puis, pouce par pouce, se glissa en elle.

Elle a crié, mais ne lui a pas dit une seule fois d'arrêter. Il lui a donné une chance, quelques précieuses secondes pour que cela s'arrête, mais il a senti sa chatte serrée et chaude alors qu'elle flottait autour de lui. Désespéré. Faim de bite. Et il était plus que disposé à le lui donner.

Attrapant ses hanches, il la baisa plus fort, l'enfonçant profondément, la remplissant, la baisant. Il lui enfonça des couilles au plus profond d'elle, puis s'arrêta, se retirant pour pouvoir sentir son clitoris. Caressant son doux nœud d'avant en arrière, il la poussa de plus en plus haut, la poussant par-dessus bord, et elle cria son nom alors qu'elle jouissait, fort.

Il lui tenait les hanches, l'enfonçant en elle, la remplissant à chaque poussée. Roman ne lui a pas laissé l'occasion de redescendre du sommet, mais il était déterminé à la rejoindre. Il l'a fait quelques minutes après sa libération.

Cette fois, il s'est enfoncé en elle. Toutes les autres fois, il avait utilisé un préservatif. Cette fois, il ne l'a pas fait. Rien pour la protéger d'avoir son enfant. Roman la maintenait en place alors que vague après vague de sperme inondait son corps, la remplissant. À ce moment-là, il voulait qu'elle tombe enceinte.

Chloé n'allait nulle part. Elle était sa femme et il comptait la garder.

«Je veux divorcer», dit-elle.

"Non."

Elle n'obtiendrait pas un divorce, une annulation, rien.

Chapitre 2

Roman regarda Chloé sortir de la chambre, s'arrêtant au moment où elle le vit. Lors de leur mariage, il s'était déjà occupé de son appartement, mais il n'y avait pas grand-chose à faire. Les quelques meubles provenaient de son ancienne maison. C'étaient les seules pièces qu'elle n'avait pas vendues.

Ils se trouvaient maintenant dans une pièce de sa propriété de campagne, avec quelques autres objets qu'elle ne savait pas qu'il avait trouvé et racheté.

En parcourant son journal, il la vit hésiter en l'apercevant. Ils étaient mariés depuis trois jours. Trois très longues journées. Au moins pour elle, ces journées avaient été longues. Pas pour lui. Il profitait de son temps en tant qu'homme marié.

"Je pensais que tu serais déjà parti."

Ces trois derniers jours, il n'avait d'autre choix que de s'occuper de ses affaires. Quand sa présence était nécessaire, il était toujours là. Quant à Chloé, elle avait tenté de s'enfuir plusieurs fois par jour. Ses hommes n'étaient pas idiots et ne prenaient aucun risque. Il leur avait dit qu'elle ne devait partir sous aucun prétexte.

« Pas de travail aujourd'hui », dit-il.

Chloé portait l'un des déshabillés en soie et dentelle qu'il aimait tant. Il lui avait acheté toute une gamme de couleurs, et aujourd'hui elle portait la rouge avec de la dentelle noire. Absolument magnifique. Il l'aimait.

Ils n'avaient pas parlé depuis leur mariage. Après avoir baisé, il l'a laissée seule, est allée boire un verre et lui a donné une chance d'être. C'est ce qu'il avait fait ces trois derniers jours, mais pas plus.

Elle regarda la chaise puis vers sa cuisine.

Il regarda ses fesses alors qu'elle entrait dans sa cuisine. Il prit sa tasse de café et but une gorgée. Chloé prit quelques instants puis recula, portant un bol, une cuillère et sa tasse de café.

Elle posa ses affaires sur la table et partit, revenant quelques secondes plus tard avec les céréales qu'il savait qu'elle aimait. La femme était obsédée par le beurre de cacahuète. Elle aimait tout ce qui s'y rapportait, y compris les céréales. Elle s'assit, versa un bol, puis ajouta du lait et s'assit en face de lui. Il la regarda mettre sa cuillère dans le bol puis hésita.

Ils se connaissaient depuis un an et elle avait révélé beaucoup de choses sur elle-même. Des choses qu'elle n'avait jamais racontées à Roman Sidorov, mais qu'elle avait données à Roman Smith. Il savait que sa mère lui avait inculqué le besoin d'être respectueuse et gentille. Elle aimait sa mère et avait suivi ses traces. Elle croyait que même si quelqu'un vous traitait comme de la merde, cela ne vous donnait pas le droit de faire de même. C'était ce qui n'allait pas dans le monde, selon la mère de Chloé. Il n'y avait rien de mal à être gentil.

"Comment vas-tu?" » a demandé Chloé.

C'était tout ce qu'il avait à attendre.

"Je vais bien, je suppose que la vraie question est, comment vas-tu?" Il a demandé.

"Pourquoi?" » a demandé Chloé.

Roman pencha la tête sur le côté et la regarda. "Je vous ai expliqué mon raisonnement il y a trois jours."

Ses joues recommencèrent à chauffer, juste une autre partie d'elle qu'il adorait.

Elle laissa tomber sa cuillère dans le bol et il remarqua qu'elle le faisait avec précaution pour ne pas renverser une seule goutte de lait.

«Je ne comprends pas. Je suis allé voir les flics avec les informations que j'avais. Je dois être une sorte de responsabilité. Pourquoi ne pas me tuer ? Il est impossible que vous, votre patron ou quiconque au sein de la Zaitsev Bratva puissiez être heureux que je sois ici.

"En fait, ils sont très heureux."

"Comment?"

« Tu ne comprends pas, ma douce ? Vous êtes impuissant.

"Je ne suis pas."

"Non ? Vous êtes une jeune femme. J'ai vingt-cinq ans et je viens de me marier avec un homme très fort et puissant. Désormais, chaque fois que vous irez voir la police, vous n'aurez plus l'air que d'une femme au foyer irritable. Vous voulez l'attention de votre mari et la seule façon d'y parvenir est de provoquer un drame. J'aurais pu te tuer, assez facilement aussi, mais cela nécessite plus de paperasse, plus de détails. Il y a toujours ces satanés flics qui mettent deux et deux ensemble et en ressortent avec quatre.

Il vit les larmes dans ses yeux. "Alors c'est tout. M'épouser était plus facile que de me tuer. Vous ne vouliez tout simplement pas les... désagréments. Elle détourna le regard et il ignora le coup de pied dans le ventre qu'il ressentit.

Chloé pleurait rarement. Même lorsqu'elle parlait de la mort de ses parents et de son frère, elle ne versait pas une larme. Lorsqu'il lui a posé des questions à ce sujet, elle a répondu qu'elle avait pleuré pendant trois mois. Elle a dû transporter des mouchoirs parce qu'elle n'arrivait pas à arrêter ses larmes. Puis un jour, c'était comme si elle avait pleuré autant que son corps pouvait le supporter. Depuis, elle n'avait pas pleuré. Jusqu'à maintenant.

Il la regarda se passer la joue et se lever.

« C'était un mensonge, l'année dernière, n'est-ce pas ? Tout. Tu es... toi. Elle pinça les lèvres.

"C'était un moyen pour parvenir à une fin."

Elle hocha la tête, puis s'éloigna de la table. Ce n'était pas ce à quoi il s'attendait. Il s'attendait à ce qu'elle soit en colère, qu'elle lui crie dessus, voire qu'elle lui lance des objets, mais cette froideur était nouvelle.

« Je ne vous ai pas renvoyé », dit-il.

"Je suis ta femme. Je ne suis pas votre employé ni personne que vous contrôlez. Vous ne pouvez pas me renvoyer. Sur ce, elle tourna les talons et partit.

Roman baissa les yeux sur son petit-déjeuner. Elle avait pris trois boules de céréales. Selon ses hommes, elle avait rarement mangé quoi que ce soit. Il s'était assuré qu'ils la surveillaient, allant même jusqu'à lui commander à manger. La pizza était sa préférée, mais chaque soir où il rentrait à la maison, la pizza n'était pas mangée. Dans la poubelle, il n'a vu que quelques peaux de bananes et quelques trognons de pommes. Il ne savait pas si elle mourait intentionnellement de faim ou si elle ne pouvait tout simplement pas manger.

Se levant, il ramassa le bol et le jeta à la poubelle, après avoir versé le lait dans l'évier. Il nettoya le désordre, fit de même avec les tasses, puis se rendit dans la chambre où il la trouva déjà habillée. Elle portait un jean et une vieille chemise boutonnée à carreaux. Elle avait tiré ses longs cheveux bruns en arrière et ne portait pas de maquillage. Chloé se maquillait rarement.

"Tu es prêt. Nous sortons », a-t-il déclaré.

"Où?"

"Travailler."

La plupart des hommes laissaient leurs femmes à la maison avec une carte de crédit. En ce qui concerne Chloé, il ne pouvait pas lui faire confiance pour faire du shopping, mais il savait aussi que la laisser se déchaîner avec une carte de crédit ne fonctionnerait tout simplement pas. Elle n'a jamais aimé faire du shopping, même pendant l'année où ils étaient ensemble, et il voulait l'emmener dehors et lui acheter des affaires. Chloé était plus intéressée à profiter de la compagnie de chacun.

De toutes ses années, Roman n'était jamais allé à un pique-nique, à une fête foraine, ni même tenté de se promener dans un jardin, mais Chloé l'avait emmené. Ils faisaient toujours quelque chose lors de leurs rendez-vous, ils allaient rarement faire du shopping, à part quand elle demandait à aller à la plage. Il a fini par détruire une paire de chaussures italiennes et elle l'a emmené dans un magasin pour acheter des tongs.

Oui, il s'était promené en tenant la main de Chloé, comme n'importe quel homme ordinaire. Elle ne savait pas qu'il avait constamment en sa possession deux armes à feu et plusieurs couteaux « juste au cas où ».

"Non. Je ne vais nulle part avec toi.

"Tu ne restes pas ici", dit-il.

"Pourquoi pas? J'ai passé les trois derniers jours ici.

Il fit un pas vers elle. «Je n'accepterai ton insolence que pour un certain temps, Chloé. Je pensais que ta mère t'avait appris mieux que ça.

Elle haleta. "Comment oses-tu l'utiliser comme ça?"

« Alors arrête de te comporter comme un enfant. Avaient quitté."

Elle finit de fermer sa chaussure et se leva. Il l'attrapa et elle s'éloigna.

Roman la regarda et il savait que son commentaire sur sa mère n'était pas gentil. Chloé détourna d'abord les yeux puis lui prit la main. Avec cette petite victoire, il la fit sortir de l'appartement.

Il n'aimait pas ce qu'il avait vu à la table et savait qu'il devait faire quelque chose.

L'amener avec lui était un risque, mais c'était un risque qu'il était prêt à prendre. Zaitsev savait qu'il s'occupait de son mariage et qu'il n'interviendrait pas. Tant que Chloé était avec lui, elle était en sécurité, et pour l'instant, c'était tout ce qu'elle pouvait être.

****

Chloé ne savait pas comment se sortir de son mariage. Roman se sentait comme un étranger, et pourtant, ce n'était pas le cas non plus. C'était tellement déroutant pour elle. Il lui avait menti pendant un an sur qui il était. Elle ne savait pas quoi faire de cet homme. Pourtant, même si elle se sentait confuse par lui et par le fait qu'il était un étranger, elle le connaissait aussi. Il y avait un amour qui avait fleuri cette année-là.

Ce n'était pas cet homme, et pourtant il l'était. L'homme qui lui avait apporté des fleurs pour la Saint-Valentin parce qu'elles lui rappelaient elle. Il les lui avait présentés au travail.

Il lui avait fallu trois mois avant d'accepter un rendez-vous en dehors du travail. Il venait au bar tous les soirs. Elle travaillait tout le temps pour payer son loyer. Vivre en ville n'était pas bon marché. C'était la raison pour laquelle elle devait vendre la plupart des affaires de ses parents, ce qu'elle détestait faire, mais elle savait qu'ils voudraient qu'elle survive. La culpabilité n'a pas disparu.

Le jour de l'anniversaire de leur mort, Roman l'avait emmenée sur la tombe de sa famille et s'était assis à ses côtés pendant qu'elle tentait de faire la paix. Cette journée avait été dure. Elle n'avait pas pleuré. Les larmes avaient coulé, mais cela signifiait beaucoup pour elle qu'il semble se contenter de simplement s'asseoir avec elle.

Elle aurait peut-être commencé à tomber amoureuse de lui à ce moment-là. Il lui avait proposé de l'emmener dîner et elle lui avait dit non. Lorsqu'il lui avait demandé pourquoi, elle avait été tentée de mentir, mais sa mère lui avait dit que mentir ne faisait que compliquer les choses. Elle lui a dit la vérité et il est venu avec elle. Quel genre d'homme a fait ça ? Pas Roman Sidorov. Pourtant, c'était lui. Parce qu'il avait prévu de l'épouser ?

Sortant de ses pensées du passé, elle le regarda de l'autre côté de la table. Ils étaient assis dans un restaurant. Le maître d'hôtel n'avait pas voulu qu'elle entre, mais un regard sévère accompagné d'un avertissement de Roman, la déclarant comme sa femme, leur signifiait qu'ils obtenaient une très belle table.

Elle se démarquait comme un pouce endolori. Toutes les autres femmes portaient de belles robes, avaient l'air féminines, étaient parfaitement coiffées et maquillées - elles avaient l'air de sortir d'un magazine. Elle, de son côté, portait son jean, une vieille chemise de son père, les cheveux tirés en arrière, mais elle savait que certaines mèches s'étaient échappées et semblaient crépues. Sa mère lui avait montré comment se maquiller, mais lui avait aussi dit que ce n'était là que pour rehausser la beauté. La vérité était que Chloé détestait la sensation de ce truc sur son visage, alors elle ne le portait jamais.

Roman prit le menu et Chloé fit de même.

Elle détestait être embarrassante. "Pourquoi ne me ramènes-tu pas... à ton appartement ?" Elle était sur le point d'y appeler sa maison.

"À la maison, et non, nous allons déjeuner ici."

"Je t'embarrasse." Elle baissa le menu et le regarda.

"Non, ce n'est pas le cas."

"Sérieusement? Avez-vous regardé tout le monde ici ? Comment puis-je ne pas vous embarrasser ? Elle était mortifiée par son apparence comparée à tout le monde.

« Tout d'abord, tu es ma femme et je n'ai pas honte de toi. Deuxièmement, pourquoi le serais-je ? Vous n'avez rien fait qui puisse me contrarier ou m'offenser. Troisièmement, nous sommes ici pour déjeuner. Vous n'êtes pas habillé en prostituée, vous n'êtes pas ivre, vous portez la chemise de votre père et un jean qui a connu des jours meilleurs. Vous avez toujours le droit de déjeuner, maintenant, que voudriez-vous commander ? »

"Comment sais-tu que c'était la chemise de mon père ?" elle a demandé.

"Tu m'as montré des photos de lui, et c'était sa chemise préférée, parce que ta mère l'avait confectionnée pour lui."

Elle serra les lèvres, détestant à quel point elle se sentait émotive.

"Excusez-moi", dit-elle en se levant.

Roman ne fit aucun geste pour l'arrêter et elle s'enfuit rapidement en direction de la salle de bain.

Personne d'autre n'était à l'intérieur lorsqu'elle est entrée. En s'approchant des lavabos, elle appuya ses mains contre le bord du comptoir et prit plusieurs inspirations et expirations profondes. Elle ne voulait pas se regarder dans le miroir. Pas encore.

Pourquoi devait-il se souvenir des petits détails, des détails minuscules et insignifiants qui comptaient pour elle ?

« Un homme insupportable », dit-elle sans s'adresser à personne d'autre qu'à elle-même.

Ouvrant les yeux, elle fixa le lavabo puis releva lentement la tête pour regarder son reflet. Ses joues semblaient un peu rouges. Pour une raison étrange, elle ne se reconnaissait pas vraiment. Il n'y avait rien de différent, pas vraiment, c'était la même personne. Puis son regard se posa sur la bague à son doigt. Elle n'avait pas retiré la bague. Elle était encore très mariée à Roman.

Une partie d'elle voulait lui renvoyer la bague au visage pour les mensonges qu'il lui avait racontés, mais une autre partie voulait rester mariée avec lui. Elle était tombée amoureuse de lui, ce qui lui paraissait le plus cruel.

La porte de la salle de bain s'ouvrit et elle se tourna pour trouver Roman debout à l'intérieur.

"C'est les toilettes des dames", dit-elle.

"Je sais." Il se plaça derrière elle, enroulant ses bras autour de sa taille. Il avait fait cela si souvent au cours des derniers mois qu'il lui semblait naturel de simplement pencher la tête contre son épaule et d'accepter son réconfort. Chloé n'avait pas beaucoup de combat en elle aujourd'hui, alors elle a pris ce qu'elle pouvait obtenir.

"Je ne veux pas que tu pleures", dit-il.

"Je te l'ai dit, j'ai arrêté de pleurer depuis longtemps."

"C'est toujours inacceptable." Il déposa un baiser sur sa tempe. "Vous ne pouvez pas vous permettre de ne pas pleurer."

Elle sourit. « Est-ce que tu pleures ?

Silence.

"Bien sûr que tu ne pleures pas." Elle se retourna dans ses bras. "Parce que tu ne crois pas aux pleurs, mais tu veux que je le fasse ?"

"C'est différent."

"Non ce n'est pas." Elle leva les yeux vers ses yeux bleus surprenants. Pendant longtemps, elle a souvent imaginé l'océan, paisible, calme. Cet homme était tout sauf. Faisant partie de la Zaitsev Bratva, elle savait qu'ils étaient désormais les yeux d'un tueur. Il aurait mis fin à de nombreuses vies.

Il lui prit le visage en coupe. "Arrêt."

"Arrête quoi?"

"Pense à ce à quoi tu penses", dit-il en penchant la tête en arrière.

"Tu ne peux pas contrôler mes pensées."

Il prit possession de ses lèvres, la faisant haleter. Au moment où elle l'a fait, il a pillé ses lèvres avec sa langue, approfondissant le baiser. Lentement, ses mains glissèrent de son visage, allant jusqu'à son cou, puis encore plus loin vers ses fesses. Il ne s'est pas arrêté là car il a soudainement changé de direction et s'est dirigé vers ses hanches, la soulevant. Sa force la surprit. Il la percha sur le bord du comptoir, entre les éviers.

Roman rompit le baiser. "Tu ne penses pas que je peux contrôler tes pensées." Elle n'avait même pas réalisé qu'il avait ouvert sa chemise et qu'il était déjà à mi-hauteur.

Chloé savait qu'elle devait l'arrêter. Mais elle ne pouvait tout simplement pas.

Il ouvrit sa chemise et elle remarqua qu'il y faisait attention. Il l'a laissé tomber sur le comptoir, mais le soutien-gorge n'a pas reçu la même attention. Il l'a arraché de son corps et l'a placé dans la poche de sa veste.

"Que fais-tu?" elle a demandé.

Romain ne répondit pas. Il prit ses seins en coupe, les pressa l'un contre l'autre, puis ses lèvres firent tout le travail. Il suça ses tétons, dansant sa langue sur chaque sommet, glissant d'avant en arrière, puis grignotant chaque monticule. Il n'en avait pas fini là alors qu'il la tira soudainement du comptoir, la pencha dessus et attrapa la fermeture éclair de son jean. Roman l'abaissa, poussant son jean le long de son corps.

C'était sur le bout de sa langue de lui dire non, mais la vérité était qu'elle était tellement excitée, et à ce moment-là, elle avait envie de le sentir.

Il n'a pas poussé le jean de son corps, seulement jusqu'à ses genoux, puis il a incliné ses hanches. Elle entendit sa propre fermeture éclair puis le sentit alors qu'il écartait les lèvres de son sexe. Elle gémit alors qu'il enfonçait le bout de sa bite dans sa chatte. Ses mains revinrent sur ses hanches, puis il enfonça chaque centimètre de lui en elle. De derrière comme ça, il se sentait toujours si gros, bien plus gros que ce qu'elle croyait pouvoir supporter.

Roman n'a pas été facile, il l'a baisée durement et vite, la pénétrant encore et encore. Elle n'avait d'autre choix que de s'accrocher au comptoir.

Chloé ne savait pas quand il s'était arrêté et avait commencé à jouer avec son clitoris, mais au moment où il l'a fait, elle a perdu tout sens de la pensée et qui elle était. Elle ne pouvait qu'en redemander, avide de son contact, désespérée d'en avoir besoin.

Roman l'a amenée à l'orgasme, et avant la fin des dernières vagues de son orgasme, il s'accrochait déjà à ses hanches et s'enfonçait en elle à plusieurs reprises. Encore et encore, la baiser, la prendre, et elle sentit quand il trouva sa propre libération, alors que sa bite tremblait en elle, et elle sentit son sperme palpiter en elle.

"Tu vois, je peux contrôler tes pensées."

chapitre 3

Une partie de son travail était ennuyeuse, une autre dangereuse, et il ne songerait même pas à permettre à Chloé de se joindre à certaines parties.

Aujourd'hui était un de ces jours, c'est pourquoi il s'était assuré qu'elle était habillée pour sortir, et il l'avait déposée dans une boîte de nuit, avec pour instructions strictes à plusieurs de ses hommes qu'elle ne devait pas partir. Ils devaient également s'assurer que personne ne dansait avec sa femme. Il détestait quand d'autres hommes s'approchaient de ce qui lui appartenait, et Chloé était toute à lui.

En entrant dans l'usine, dès qu'il a été aperçu, il a entendu les gémissements masculins. Il détestait quand les hommes perdaient le contrôle comme ça et pleuraient.

Il avait été appelé parce qu'il y avait un travail à faire. Michael Anderson n'avait pas payé ses factures. Il a emprunté de l'argent à la Zaitsev Bratva, avec l'accord d'un pourcentage des bénéfices chaque trimestre. Les deux derniers trimestres, il n'avait pas payé, puis, comme une insulte, il avait enroulé quelques billets de cinquante dollars autour d'un tas de billets d'un dollar, les prenant pour des imbéciles.

Personne n'a pris les Zaitsev pour des imbéciles.

Cette pensée même a toujours amené le travail romain. C'est lui qu'ils ont appelé parce qu'il était connu pour faire le travail. Il s'est assuré d'envoyer un message qui susciterait la peur chez tout le monde et chez tous ceux qui souhaitaient s'associer avec eux.

S'ils payaient leurs dettes et ne les insultaient pas, il n'y avait pas de quoi s'inquiéter. Roman n'a pas seulement terrifié et torturé ceux qui tentaient de les prendre pour des imbéciles. Il s'est également assuré que les associés qui travaillaient bien avec eux restaient toujours en sécurité.

Il avait aidé la famille en difficulté d'un homme qui travaillait pour eux pendant de nombreuses années. Malheureusement, l'homme était mort, mais il avait été loyal dès son initiation. Lorsque leurs fidèles hommes moururent, leurs familles furent prises en charge.

Quelques voyous avaient tenté de leur extorquer de l'argent, les obligeant à payer pour leur protection. La situation est devenue si grave que la mère du vieux soldat n'a eu d'autre choix que de lui tendre la main. Ils saignaient tout pour de l'argent.

Roman s'en est occupé.

Un soir où ils devaient venir chercher de l'argent, il les attendait. Ils ont remboursé tout l'argent et, pour s'excuser, ils ont travaillé pour la jeune femme, mais seulement après avoir subi plusieurs fractures.

Si la situation l'exigeait, il cassait les os, les écorchait, enlevait les dents et les ongles, et même tuait si nécessaire. Roman s'en fichait. On lui a donné des ordres, puis on lui a dit d'évaluer par lui-même et de gérer la situation, ce qu'il a fait exactement.

Michael gémissait et tremblait comme un fou. Ce n'était pas de la peur. Roman avait vu la peur. L'homme avait besoin d'une autre solution.

Il s'est approché de Michael et a remonté la manche de sa chemise, et bien sûr, les traces étaient un signe. C'était là que allait leur argent. Roman détestait la drogue. Cela faisait partie de leurs nombreuses activités, mais il avait vu beaucoup trop de gens tomber sous le contrôle de la drogue. Ce n'était pas quelque chose qu'il avait prévu d'essayer.

"Tu as été un vilain garçon, Michael," dit-il.

« J'ai donc raté quelques quarts-temps. Je parie que tout le monde l'a fait.

Roman s'accroupit donc il n'avait d'autre choix que de le regarder. Michael tenta de détourner le regard, mais il lui attrapa le menton avec force. Il savait qu'il lui faisait du mal, alors que l'homme gémissait. Il n'essayait même pas d'être doux. Roman voulait blesser cet homme, lui donner une leçon.

"Voyez-vous quelqu'un dans les parages pour raconter l'histoire de la perte de quelques pièces de monnaie ?" » demanda Romain. « Les gens ne manquent pas de quartiers. Ils paient à temps, voire avant la date d'échéance.

La plupart des gens ont payé à temps.

"Va te faire foutre," dit Michael. «C'est mon argent. Je n'ai pas besoin de toi. Je n'ai jamais eu besoin de toi. Votre argent est de la merde. Putain de conneries.

Romain sourit. Il n'avait aucun problème s'il voulait continuer à se livrer à des abus. C'était très amusant.

"Tu sais quoi, vas-y, fais de ton mieux, espèce de méchant connard. Dès que tu en auras fini avec moi, j'irai voir les flics. Ils m'aideront. Ils voudront n'importe quoi pour vous pendre, enfoirés.

Roman a dû le lui donner. Michael était passé des pleurs et des gémissements à la bagarre. C'était plutôt rafraîchissant. Tirant une chaise vers Michael, il regarda son chef-d'œuvre. Si Michael avait gardé la bouche fermée, il n'aurait pas eu besoin de faire ce qu'il avait à faire. Les menaces et les insultes l'avaient amené à un tout autre niveau.

Il s'est assis et a attendu. Des années d'expérience lui avaient appris que le silence et le calme semblaient être l'arme la plus mortelle qu'il possédait.

Il a regardé.

J'ai attendu.

Et puis, il a frappé.

Il a attrapé les pinces, puis, alors que Michael tentait de le combattre, il a arraché la langue de l'homme. Puis, saisissant l'une des lames qui avaient été soigneusement placées à côté de Michael, d'un coup rapide et facile, il ôta la langue de l'homme et la laissa tomber au sol. Le sang coulait de sa bouche, sur son front. Roman tenait le morceau de langue dans la pince et fronça le nez. En tant que morceau de chair, ce n'était pas son préféré, sous aucune forme. Le meilleur endroit pour le faire était par terre.

« Voyons voir comment vous criez sans langue. »

Il ne pouvait en aucun cas permettre à Michael de quitter l'usine vivant. Ce n'était pas sa faute, mais Michael.

Personne n'a menacé la Zaitsev Bratva.

Ensuite, il a retiré les doigts de l'homme, puis ses dents. Il a attendu aussi longtemps qu'il a pu, puis il a mis fin à la vie de Michael Anderson. Une fois qu'il eut terminé, il appela l'équipe de nettoyage pendant qu'il essuyait la saleté de ses doigts. Son téléphone portable a sonné. C'était l'un de ses gardes.

Répondant à son portable, il sortit de l'usine, dans la nuit. Le travail lui avait pris quelques heures de plus qu'il ne l'aurait souhaité.

«Parle-moi», dit-il.

"Elle essaie de monter sur la piste de danse", a déclaré son garde.

"Alors permettez-lui de danser, mais si un autre homme se trouve à proximité d'elle, je vous tiendrai personnellement responsable."

"Je ne la laisserai pas partir."

Romain sourit. Chloé se révélait être une poignée. L'anticipation le remplissait.

Il n'avait d'autre choix que d'attendre que l'équipe de nettoyage ait fini. Une fois les avoir payés, il monta dans sa voiture et partit en direction de la discothèque.

Il y avait une file d'attente, longue d'un kilomètre et demi, qui attendait pour entrer. Roman était propriétaire de la discothèque, donc dès qu'il s'est garé, son homme à la porte l'a laissé entrer. Plusieurs personnes huaient et se plaignaient, et il pouvait comprendre pourquoi puisqu'il faisait froid dehors.

En entrant dans la discothèque principale, la musique était incroyablement forte et résonnait contre les murs. La piste de danse était bondée, mais personne d'autre ne l'intéressait. La seule personne qu'il voulait était dans la section VIP.

Il vit ses deux hommes se tenir dos à sa femme, et au moment où ils le virent, ils parurent tous un peu soulagés.

Chloé était une dame, une amoureuse, et alors qu'il se plaçait derrière les hommes, il comprit pourquoi. Quelqu'un avait permis à sa femme de prendre un verre. Elle était un peu ivre et agenouillée sur la table. La robe qu'elle portait remontait jusqu'à mi-cuisse, mais même cela montrait trop de chair à son goût.

« Regardez qui décide finalement de se présenter. Mon faux mari.

« Il n'y a rien de faux chez moi. Je suis ton mari."

"Ouais, parce que tu as menti sur qui tu étais et à quoi tu es associé." Elle prit son verre et but une autre gorgée. « Tu es… chut, je n'ai pas le droit de dire quoi que ce soit, n'est-ce pas ? Dire ce que tu es me fera tuer.

Elle quitta la table. Il ne savait même pas comment elle avait pu grimper là-haut, mais elle descendit et s'avança vers lui. Avec les talons qu'elle portait, cela semblait incroyablement dangereux pour elle de bouger. Roman ignora le désir d'enrouler ses bras autour de sa taille et de la soutenir. Il avait le sentiment qu'elle n'apprécierait pas ça, du moins pas encore. Il attendrait qu'elle ait désespérément besoin de lui.

« Tu ne veux pas me tuer, Roman ? » demanda-t-elle en posant ses mains sur sa poitrine.

"Non."

Elle pencha la tête sur le côté. "Mais ne serait-ce pas tellement plus facile ?" Elle a réduit la distance entre eux. «Je suis presque sûr que vous pouvez avoir n'importe quelle femme que votre cœur désire. Vous n'êtes pas obligé de m'avoir. Je ne suis rien comparé aux autres.

Il ne voulait personne d'autre qu'elle.

"Tu es ivre."

"Juste un petit peu. Dis-moi, Roman, si tu ne veux pas me tuer, que veux-tu faire de moi ? elle a demandé.

Il lui attrapa le poignet et, sans attendre de réponse, il l'entraîna sur la piste de danse. "Je veux danser."

Chloé s'attendait à ce qu'il soit un monstre, mais tant qu'elle était ivre, il ne voulait pas la toucher. Il attendait toujours qu'elle consente.

****

Au moment où Chloé ouvrit les yeux, elle sentit une vague de douleur traverser tout son corps, la prenant par surprise. Elle gémit et posa ses mains sur sa tête, essayant d'arrêter la douleur. Que s'était-il passé ?

"Prends ça", dit Roman, attirant l'attention sur le fait qu'il était là.

Elle baissa les mains et, bien sûr, il était assis à côté de son lit. Il lui tendit la main pour qu'elle prenne les deux comprimés blancs, ainsi qu'un peu de jus.

"Quels sont-ils ?"

"Extase." Il secoua la tête. « Des analgésiques. Les paquets standard sont achetés dans la plupart des supermarchés, des magasins d'alcool et même des pharmacies. Et ça, juste du jus, provenant d'un carton, je ne presse pas le mien.

Elle roula des yeux, mais même cela semblait faire mal.

"Tu sais, tu es drôle."

"Je n'essayais pas de l'être."

Elle a pris les analgésiques, un à la fois. Elle avait toujours du mal à avaler les comprimés. Même si elle mangeait davantage dans une cuillerée de pâtes, elle avait toujours l'impression qu'elle allait s'étouffer. Elle ne l'a jamais fait, mais cela signifiait les prendre un à la fois. Elle savait que c'était nul. Son frère l'avait souvent taquinée à ce sujet.

"Ce qui s'est passé ?" » a-t-elle demandé, coupant court aux pensées de son frère et de sa famille.

"Tequila et citron vert, je crois."

"Quoi ?"

"Votre boisson de choix hier soir."

Elle fronça le nez. "Je n'aime même pas la tequila."

"Hier soir, avant mon arrivée, tu avais bu quatre verres."

"Ugh," dit-elle.

"Exactement, et maintenant tu en subis les séquelles."

"Je ne me souviens pas de grand-chose de la nuit dernière." Elle se regarda et vit qu'elle portait une de ses vieilles chemises.

"Même si tu t'es jeté sur moi, me suppliant de te baiser, je me suis arrêté."

Elle haleta. "Non, je ne l'ai pas fait."

"Oui tu peux. Tu as dit que si je ne voulais pas te tuer, ça devait vouloir dire que je voulais te baiser, et je ne vais pas mentir, tu as raison. J'ai envie de te baiser, mais – et c'est un grand mais – j'aime que ma femme soit en vie."

Chloé gémit en posant ses mains sur son visage. Cela ne pourrait pas être plus mortifiant.

"Alors, après que tu t'es jeté sur moi, je me suis assuré que tu étais au-dessus des toilettes lorsque les vomissements ont commencé, et je t'ai même brossé les dents pour toi."

Elle ne se souvenait de rien de tout cela.

"Pourquoi ferais-tu ça?"

« En matière de maladie et de santé, je crois que la limite est la même. »

"Allez, Roman, tu n'as pas à faire semblant."

« Ce n'est pas moi qui fais semblant de quoi que ce soit, bébé. J'ai pris soin de toi hier soir et je prends soin de toi ce matin. Il se releva puis montra le jus qu'elle tenait dans la main. "Bois ça et je reviens dans une minute."

Chloé sirota le verre. Le jus était bon, ni trop sucré ni trop acidulé. Sa tête lui martelait toujours, mais elle sentait que le jus l'avait empêchée de vomir.

Pourquoi boirait-elle de la tequila ? Elle n'avait pas bu ce genre de choses depuis des années, lorsque ses parents devaient nettoyer les dégâts. Il y a eu une fois, avec son frère, où ils avaient acheté une bouteille de tequila et l'avaient bu pendant que leurs parents étaient à une fête. Ils ont organisé leur propre soirée pizza et tequila à l'intérieur de la maison. Cette nuit s'était terminée par de graves maux de tête, des nausées, des réprimandes et l'envoi à l'école en guise de punition. Son frère avait un an de plus qu'elle, il devait donc aller travailler. Il revenait de l'université lorsqu'ils avaient expérimenté la tequila.

Elle ne s'était jamais sentie aussi gênée de sa vie lorsque sa mère devait la déposer à l'école. Conformément au style habituel de Mme Baker, lorsqu'elle faisait quelque chose de méchant, il y avait de l'humiliation, puisqu'elle promettait de récupérer sa petite fille dans l'après-midi. Allant même jusqu'à lui envoyer des baisers et à exprimer son amour. Toute la journée, les gens s'étaient moqués d'elle, mais elle s'en fichait.

Même si elle détestait sa mère pour ce geste, elle savait qu'elle l'avait fait par amour. Chloé savait qu'elle aurait encore mille jours, l'un après l'autre d'humiliation, rien que pour embrasser à nouveau sa mère. Pour lui dire qu'elle l'aimait.

Personne ni rien ne vous a jamais préparé à la mort d'un être cher. Pour Chloé, elle avait perdu trois personnes en une seule nuit.

Ayant fini de boire le jus, elle refusa de rester au lit.

Elle ne pouvait pas vraiment gérer ces souvenirs et voulait qu'ils disparaissent tous. Elle tenta de se précipiter dans la salle de bain, mais ce fut plutôt une marche lente. Elle a jeté un coup d'œil à son reflet, et c'est dans ces moments-là qu'elle était reconnaissante de ne pas avoir de maquillage. Son visage était pâle.

Elle se brossa les dents, s'aspergea le visage d'un peu d'eau fraîche, puis passa une brosse dans ses cheveux. Tirant la longueur vers l'arrière, elle la clipsa en place et parut un peu mieux que la morte. Prenant une profonde inspiration, elle sortit de la salle de bain, retourna dans la chambre et choisit de ne pas se changer. Sa tête ne pouvait assumer qu'une quantité limitée de responsabilités en ce moment.

Elle se dirigea vers la cuisine et trouva Roman aux fourneaux, ce qui fut une énorme surprise.

"Que fais-tu?" elle a demandé.

«Je te prépare du bacon et des œufs, ainsi que des toasts. Les œufs sont brouillés. Je ne pensais pas qu'on pouvait supporter un œuf au plat.

Elle posa une main sur son ventre. "Tu n'étais pas obligé de faire ça pour moi."

«Je connais bien la gueule de bois. Des analgésiques, du jus et un petit-déjeuner copieux.

Il agissait à nouveau normalement. Pas le mari de Bratva qu'elle connaissait.

« Si vous n'en voulez pas au lit, alors allez vous asseoir à table. Je prendrai du café pour toi aussi.

Qui était cet homme ? Il ne lui semblait pas réel. Elle ne discuta pas avec lui en entrant dans la salle à manger.

Ce soir-là, il y a toutes ces années, sa mère lui avait préparé des crêpes. Elle a affirmé que cela absorberait l'alcool. Chloé avait l'impression que le goût était resté dans sa bouche pendant des jours, même si elle se brossait religieusement les dents. C'est pourquoi elle a évité la tequila.

Hier soir, elle ne savait même pas ce qui se passait dans sa tête. C'était un peu flou pour elle. Attendre des heures dans une boîte de nuit n'était pas son idée du plaisir. Elle se souvient avoir voulu aller danser, mais les gardes ne l'ont pas laissée. Ils lui ont permis de boire.

Est-ce pour ça qu'elle a fait ça ? Vous voulez être un emmerdeur géant ? Ça aurait du être. Elle savait à quel point l'alcool l'affectait, et pourtant elle l'avait quand même fait.

Les secondes passèrent et Roman entra dans la pièce avec le plateau de friandises. Les parfums ne lui retournaient pas l'estomac, mais lui mettaient l'eau à la bouche. Elle ne se souvenait pas d'avoir mangé hier soir. La consommation d'alcool a peut-être commencé parce qu'elle mourait de faim. Pas une bonne combinaison.

Prenant le couteau et la fourchette, elle coupa un morceau de bacon et des œufs et les mit dans sa bouche. Elle ferma les yeux. Roman avait trop cuit les œufs brouillés qu'elle adorait. Elle aimait le croustillant de l'œuf. Elle avait le sentiment que c'était dû à un souvenir d'enfant. Sa mère préparait ses œufs brouillés à la manière gluante et elle les vomissait tous. Elle n'a plus jamais mangé d'œufs brouillés, jusqu'à ce que sa mère les cuisine ainsi. Prenant un morceau de pain grillé, elle en prit une bouchée. À chaque minute qui passait, la douleur dans sa tête commençait à s'atténuer.

"Tu n'étais pas obligé de me laisser à la discothèque hier soir", dit Chloé.

"Je ne m'attendais pas à ce que les affaires prennent autant de temps."

« Vous faisiez des affaires ? À huit heures du soir ?

Il n'a rien dit et Chloé savait juste qu'il menait ce genre d'affaires.

« Est-ce que... vous détestez parfois ce que vous faites ?

"Non."

"Juste comme ça. Pas d'hesitation."

"J'ai un travail à faire, Chloé."

"Je sais." Elle laissa tomber le pain grillé dans l'assiette. « Tu penses que je ne sais pas exactement quel genre de travail tu fais ? »

"Pourquoi nous détestes-tu autant?" » demanda Romain.

"Détester? Vous pensez que c'est une question de haine. Tu sais exactement qui je suis, et pourtant tu me demandes ça. Elle poussa sa chaise et s'éloigna de la table.

"Ne quittez pas cette pièce", a déclaré Roman.

"Pourquoi?" elle a demandé. « Qu'est-ce que tu vas me faire exactement ? Tue-moi? Frappez-moi? Punis-moi?"

Roman repoussa sa chaise et réduisit la distance qui les séparait. Même si elle voulait prendre du recul, elle ne l'a pas fait. Il n'y avait aucun moyen qu'elle ait l'air faible. Cependant, elle n'avait jamais prévu ce que Roman ferait ensuite.

Il a sorti une chaise, s'est assis, l'a attrapée, l'a poussée sur ses genoux, puis a commencé à lui gifler le cul. Pas une seule fois non plus, et pas doux, mais dur et ferme. Une fois qu'il eut fini, il la souleva, lui prit le visage en coupe et l'embrassa.

"Ne te fais plus jamais de mal", dit-il en l'embrassant une fois de plus.

Chapitre 4

Roman savait qu'il avait surpris Chloé en lui donnant une fessée. Elle en avait besoin. Après la nuit dernière, quand elle s'était évanouie dans ses bras, il avait été alarmé. Non, pas alarmée, un peu terrifiée, au cas où elle aurait une intoxication alcoolique. Il avait vraiment cru qu'elle pouvait être malade.

Il avait même appelé le médecin de la Bratva pour le consulter, et comme il était au téléphone, Chloé avait choisi ce moment pour se mettre à vomir. Le médecin lui avait dit qu'il avait simplement une femme qui ne supportait pas sa boisson, pour l'aider, rester avec elle toute la nuit pour s'assurer qu'elle ne vomissait pas pendant son sommeil, et lui proposer des analgésiques et un bon petit-déjeuner à l'intérieur. le matin.

Toute la nuit, Roman resta assis au chevet de Chloé. Il n'avait pas dormi depuis près de quarante-huit heures. Roman était habitué à survivre avec très peu de sommeil. Manque de sommeil qu'il pouvait gérer. Il ne pouvait pas supporter que sa femme se blesse potentiellement. Il n'avait pas d'autre choix que de lui donner une fessée, et la vérité était qu'il voulait recommencer.

Au lieu de cela, elle s'est assise dans son bureau de ladite boîte de nuit, avec une paire de lunettes sur les yeux, les bras croisés, faisant semblant de ne pas dormir. Il avait entendu les notes douces et subtiles de ses ronflements, et il n'allait pas nier à quel point elle avait l'air adorable. Se raclant la gorge, il la vit sursauter sur son siège et il essaya de ne pas rire alors qu'elle ôtait finalement les lunettes de soleil de son nez.

"Pourquoi trouves-tu ça drôle ?"

« Si vous avez besoin de dormir, dormez », dit-il.

"Je n'ai pas besoin de dormir."

Elle ne savait pas qu'il restait assis à son chevet toute la nuit, veillant sur elle.

« Quel genre de travail faites-vous ici ? » elle a demandé. « A quoi sert cette façade ? » Elle se leva et se dirigea vers la fenêtre qui donnait sur toute la discothèque. Il pouvait voir à travers le sol, mais personne ne savait qu'il regardait.

"C'est simple, c'est une devanture pour une discothèque." Il ne l'emmènerait pas dans des endroits qui la mettraient en danger.

La Bratva ne lui ferait pas de mal. Elle ne saurait jamais ce qui se passait dans cet aspect de sa vie. Il a gardé les deux très séparés.

Chloé croisa les bras, s'éloigna de la fenêtre et se tourna pour le regarder, puis détourna le regard.

Il manquait à quel point elle se rapprocherait de lui. Le jour de leur mariage avait gâché certaines des petites choses qu'il aimait. Elle ne le touchait plus au hasard.

Depuis l'année où il la connaissait, elle n'était jamais du genre à se promener les bras croisés sous la poitrine. Elle était expressive et passionnée. Chloé aimait de tout son être, mais la semaine dernière, il a vu quelqu'un qu'il ne reconnaissait même pas et il détestait ce sentiment. Il n'y avait rien qu'il puisse faire.

Même s'il savait que la vérité éclaterait le jour de leur mariage, il avait espéré la distraire suffisamment pour qu'elle ignore ce qui se passait autour d'elle. Chloé n'était pas facilement distraite.

"Comment..." Elle s'arrêta et secoua la tête.

Il la regardait, sachant qu'elle avait beaucoup de questions. Il ne pourrait pas y répondre s'il ne savait pas de quoi il s'agissait.

"Parle-moi, Chloé."

"Vous donnez l'impression que cela est si simple."

"Parce que c'est simple."

"Non." Elle leva les mains en l'air. « Simple, c'est vous considérer comme un petit homme d'affaires. Un gars au hasard qui est entré dans un bar un jour et qui m'aimait bien. Elle s'arrêta encore une fois mais cette fois elle rit. « Seulement, ce n'était pas une rencontre fortuite.

Vous saviez exactement qui j'étais et vous saviez quelles étaient vos intentions.

Il n'avait aucune intention de l'épouser. La baiser, oui, mais pas l'épouser. En fait, au moment où il l'avait rencontrée, tous ses projets étaient partis en fumée. Roman ne savait pas quoi faire d'elle. Elle l'avait pris complètement par surprise.

Maintenant, il ne savait plus quoi penser. Il ne voulait pas la tuer. Il savait aussi qu'il ne pouvait pas la laisser partir.

"La façon dont nous nous sommes rencontrés n'a pas d'importance."

"Non ce n'est pas. Je suis tombé amoureux d'un mensonge. Tu n'es pas réel. Vous n'êtes pas Roman Smith, petit entrepreneur, qui cherche une femme avec qui passer le reste de sa vie. Vous êtes Roman Sidorov, membre de la Zaitsev Bratva. Les personnes en partie responsables du meurtre de ma famille. Elle pinça les lèvres. « Tout cela n'était qu'un mensonge. Si je t'avais menti sur qui j'étais, ne serais-tu pas blessé ?

Roman a refusé de répondre.

Chloé n'a pas menti. Elle n'avait menti sur rien. Elle lui avait même parlé de ce qu'elle faisait au bar. Au début, elle n'avait pas réalisé qu'il appartenait à la Bratva Zaitsev, ni qu'il s'agissait d'un lieu de rencontre personnel pour eux. C'est après avoir réalisé cela qu'elle a mis ses plans à exécution. Il le croyait.

"Tu ne vas pas répondre à ça."

« Mon père était membre de la Zaitsev Bratva. C'était une organisation beaucoup plus petite quand j'étais un jeune garçon. Je savais alors que j'allais moi-même servir dans la Bratva. J'avais l'intention de gravir les échelons, de devenir soldat, de gagner le respect et la loyauté de ceux qui m'entouraient. Il se leva, contourna son bureau et s'y appuya. « Mon père m'a bien appris. Il m'a appris à avoir des règles, à avoir une éthique en moi. Si je suivais mon code, mon entourage en verrait la valeur.

"Tu n'as pas de parents."

"Mon père est mort aux mains de ma mère."

"Quoi? Comment est-ce possible?"

Romain rit. Cela a été un choc pour beaucoup. Son père était un homme respecté au sein de la Bratva. Hommes et femmes lui étaient fidèles. Sa mort avait choqué les hommes qui le suivaient. Sa mère l'avait empoisonné, affaibli, puis lui avait tiré une balle dans la tête, avant de se suicider. C'était lui qui avait retrouvé leurs corps.

« Vous les avez trouvés ? » a demandé Chloé.

"Oui, j'étais en voyage d'affaires et quand je suis rentré à la maison, l'odeur de chair pourrie avait déjà pris le dessus."

« Qu'en est-il de leurs soldats ou de leur personnel ?

"Ils avaient été renvoyés, avec pour instruction de ne pas revenir jusqu'à nouvel ordre."

"Pourquoi l'a-t-elle tué?" » a demandé Chloé.

"Elle pensait qu'il avait une liaison avec une femme plus jeune."

"Était-il?"

Romain rit. "Non. Il ne l'était pas. Mon père était beaucoup de choses mais il aimait ma mère. Au moins, ils s'aimaient au début, du moins c'est ce qu'il a dit. Il est rare que les hommes ne prennent pas de maîtresse, mais cela arrive.

"Maîtresses?"

"Oui."

Chloé baissa les yeux et il attendait juste qu'elle pose la question. Il a continué à attendre, mais jusqu'à présent, elle n'a pas dit un mot. Il ne savait pas s'il était déçu.

« Veux-tu prendre une maîtresse ? » demanda-t-elle en levant brusquement la tête.

Roman remarqua que ses mains étaient serrées en poings et il aimait plutôt voir le feu dans ses yeux.

"Eh bien, ça dépend, n'est-ce pas ?" Il s'éloigna du bureau et réduisit la distance qui les séparait.

"Sur quoi?"

"Je suppose que vous pouvez dire que cela dépend de vous."

"Pourquoi?" elle a demandé.

Il tendit la main, lui attrapa la nuque et l'attira plus près. Son odeur envahit ses sens et il la trouva complètement enivrante. Il ne savait pas ce qui le rendait fou chez Chloé, mais il ne semblait pas pouvoir s'en empêcher quand il s'agissait d'elle.

Même maintenant, alors qu'il aurait dû travailler sur les chiffres qui lui avaient été donnés par le club, tout ce qu'il voulait, c'était la baiser, fort et vite. Enfonçant la plénitude de sa queue jusqu'à la garde. Il voulait la sentir palpiter autour de sa bite.

Inclinant la tête en arrière, il la regarda dans les yeux. "La seule fois où j'aurai besoin de quelqu'un d'autre, c'est si tu ne me donnes pas ce dont j'ai besoin."

Elle laissa échapper un petit cri. "Tu ne peux pas être sérieux."

Il posa ses lèvres sur les siennes, sentant ses mains contre sa poitrine. Elle ne le repoussait pas vraiment, mais c'était proche.

Roman fut tenté de pousser légèrement pour voir jusqu'où il pouvait aller, mais au lieu de cela, il s'éloigna.

"Je suis très sérieux quand il s'agit de ta douce chatte. Pourvu que tu me donnes ce que je veux, il n'y aura jamais personne d'autre.

****

Chloé ne savait pas si elle devait le détester ou le frapper. Elle détestait la violence sous toutes ses formes, mais c'était tout simplement grossier, n'est-ce pas ?

Elle était trempée et elle aimait le fait qu'il n'avait été avec personne d'autre depuis qu'il était avec elle. Qu'est-ce qui lui arrivait ? Il fallait qu'elle devienne folle pour considérer cela comme un gage d'amour. Roman n'irait avec personne d'autre, tant qu'elle serait avec lui ? C'était quel genre d'idée folle ?

Elle était allongée sur le lit, regardant le plafond. Roman était dans son bureau. Pour une raison quelconque, elle a ressenti la lourdeur de la bague à son doigt ce soir. Elle ne se sentait pas coupable de l'avoir épousé. Elle était tombée amoureuse de Roman Smith. C'était pour cela qu'elle s'était donnée à lui. Jamais, de sa vie, elle n'avait ressenti un lien aussi fort avec une autre personne.

Il était là. Elle savait désormais pourquoi il était là, et cela n'avait rien à voir avec une intervention divine. Son mari était l'homme qu'ils utilisaient pour nettoyer les choses. Il allait la nettoyer. Jusqu'à ce qu'il ne le fasse pas et qu'il l'épouse.

Il y a eu un moment, comme il l'a proposé, où il a affirmé l'avoir aimé, mais elle n'arrivait pas à y croire, plus maintenant. Roman ne faisait pas l'amour. C'était un homme d'affaires de bout en bout. Un tueur au cœur froid pour la Zaitsev Bratva. Prêt à faire tout ce qu'il faut pour faire le travail.

Il aurait pu me tuer. Elle ne pouvait s'empêcher de se demander pourquoi il ne l'avait pas fait. Les Zaitsev n'étaient pas connus pour leur humilité. Ils étaient connus pour être des tueurs de premier ordre. Même elle avait entendu les murmures des gens sur son passage. Les rumeurs, les contes de fées, ou plutôt les histoires d'horreur, notamment en travaillant au bar. Et maintenant, c'est mon mari.

Chloé s'assit dans son lit et repoussa les couvertures de son corps. Elle n'allait pas rester ici et ne rien faire. Elle savait exactement pourquoi elle était agitée et elle détestait ça. Roman lui avait embrassé les lèvres dans la discothèque la nuit dernière. Il s'était couché tard et ne l'avait pas contactée. Il ne l'avait pas touchée et elle était excitée. Ce n'était tout simplement pas juste. Elle s'attendait à ce qu'il fasse le premier pas. Prendre ce qu'il voulait, et pourtant il semblait parfaitement content de travailler dans son bureau.

Chloé se dirigea vers la cuisine, avec l'intention de se prendre un verre d'eau, mais cela n'avait pas d'importance. L'eau n'était pas ce qu'elle voulait. Elle recula vers la chambre, mais la vérité était que dormir était la dernière chose qui lui préoccupait.

La bague semblait une fois de plus lourde à son doigt.

Ne le fais pas.

Quel mal cela pourrait-il faire ?

Non, laissez tomber.

Je suis tombée amoureuse de lui. C'est le même gars, il a juste un nom différent.

Chloé savait que cet homme n'était pas le même. Il était totalement différent, et pourtant, quel mal cela pouvait-il y avoir d'entrer dans son bureau et de faire l'amour ? Elle ne faisait rien de mal, et même si elle était plus que disposée à lui donner ce qu'il voulait, il ne s'écarterait pas.

Même si elle voulait le haïr, elle avait du mal à le faire. Elle était tombée amoureuse de cet homme et cela n'avait pas été facile. Elle souffrait toujours de la douleur de perdre sa famille. Essayer de joindre les deux bouts dans une ville avec l'intention de détruire tout espoir des gens qui y vivaient. Sa vie avait touché le fond, et puis, sortie de nulle part, cette lumière, sous la forme de Roman Smith, était entrée dans sa vie.

Elle avait arrêté de pleurer, mais c'était lui qui la faisait rire. C'est lui qui lui a fait attendre avec impatience son travail, et elle a lentement cessé d'avoir un désir de mort.

La simple pensée de le voir avec une autre femme lui envoyait de la colère lui parcourir le dos. Elle ne voulait même pas penser à lui avec quelqu'un d'autre, alors sa décision était prise. Avant qu'elle ait pu s'en empêcher, elle se trouvait devant la porte de son bureau, qui était grande ouverte.

Il était assis au bureau, une faible lumière allumée au-dessus de son travail. Les manches de sa chemise étaient retroussées jusqu'au coude, montrant l'abondance d'encre qu'il possédait. Plusieurs boutons sur le devant de sa chemise étaient également ouverts, donnant une vue tentante sur sa poitrine. Elle se lécha les lèvres, puis entra dans la pièce. Au moment où elle franchit le seuil, il releva la tête. Elle l'a vu se tendre et tendre la main vers ce qu'elle pensait être une arme à feu.

"Effrayé ?" elle a demandé.

"Préparé, il y a une différence."

Elle se dirigea vers son bureau, le contourna, et elle sentit son cœur battre rapidement. Elle devait se demander s'il pouvait l'entendre aussi. Peut-être qu'il le pourrait.

Elle le regardait, incapable de détourner le regard. Les secondes passèrent.

« Y a-t-il quelque chose que je puisse vous aider ? » Il a demandé.

Elle prit une profonde inspiration.

Il s'était éloigné du bureau, lui laissant un très petit espace pour s'installer. Sans attendre de réponse de sa part, elle ferma le dossier sur son bureau, puis le fit glisser, le laissant atterrir sur le sol.

"Chloe?"

Elle monta sur le bureau. La bretelle de son négligé tomba de son épaule. Elle ne savait pas si elle avait l'air en désordre parce qu'elle essayait de dormir ou si elle était séduisante, mais elle s'en fichait. Tout ce qu'elle voulait, c'était baiser. Il n'y avait rien de mal à prendre du plaisir avec son mari.

Roman fit avancer la chaise et elle tendit la main, prenant son visage en coupe. Elle l'embrassa, sans se soucier de qui il était ni des mensonges qu'il lui avait racontés. À ce moment-là, tout ce qui l'intéressait, c'était de ressentir. Roman était le même homme, juste légèrement différent, et elle pouvait gérer ça.

Il posa ses mains sur ses cuisses et elle rompit le baiser en poussant un gémissement.

"Qu'est-ce que tu veux exactement, Chloé?" Il a demandé.

Elle regarda dans ses yeux. "Tu sais ce que je veux."

« Alors dis-le-moi. Tu es là, interrompant mon travail, dis-moi ce que tu veux.

"Je veux baiser", dit-elle, se surprenant ainsi que lui. "Mais si j'interromps ton travail, alors je suppose que je ferais mieux de partir."

Elle alla descendre du bureau, mais avec Roman sur le chemin, c'était impossible. Il l'arrêta en lui attrapant les hanches, la maintenant sur le bureau.

"Alors, ma femme se sent un peu excitée ?" Il a demandé.

Ses mains touchèrent à nouveau ses cuisses et elle refusa de reculer. Sa chatte était si lisse et ses tétons si durs qu'il savait exactement ce qu'elle voulait.

"Oui."

Roman la laissa partir et se pencha en arrière. "Montre-moi."

Il la testait. Voir jusqu'où il pouvait la pousser.

Chloé ne savait pas ce qui lui avait pris, mais elle n'allait pas être une lâche. Elle a tiré le déshabillé vers le haut et par-dessus sa tête. La culotte qu'elle portait était ample et il plaça ses pieds sur ses cuisses, lui donnant l'effet de levier dont elle avait besoin pour se relever, ce qu'elle fit. La culotte enlevée, elle la jeta sur le côté pour rejoindre son déshabillé. Elle était maintenant complètement nue alors qu'elle était assise sur son bureau.

Roman n'a pas détourné le regard une seule fois. Il la regardait et elle adorait ça.

Maintenant, il voulait voir à quel point elle était excitée, à quel point elle voulait désespérément baiser.

Plaçant une main sur sa poitrine, elle glissa lentement vers le bas, fouillant entre ses jambes écartées. Elle effleura son clitoris gonflé et descendit plus loin, remplissant sa chatte de ses doigts, souhaitant que ce soit sa bite dure comme la pierre. Dedans et dehors, elle a pompé ses doigts à l'intérieur d'elle-même puis les a remontés pour taquiner son clitoris. Elle ferma les yeux, se mordant la lèvre, essayant de contrôler les bruits.

Roman lui attrapa soudain la main. "Je t'ai dit de me montrer, de ne pas te forcer à venir devant moi."

Chloé sourit. Retirant ses doigts de sa chatte, elle les leva pour qu'il les voie. "Je suis excitée et je veux baiser, Roman."

Elle ne savait pas d'où venait cette confiance retrouvée, mais jusqu'à présent, elle l'aimait bien. D'après la lueur dans les yeux de Roman, elle avait le sentiment qu'il l'était aussi.

Ils étaient mariés. À moins qu'il ne la tue, ils resteraient mariés, et elle ne voulait pas faire de leur vie une misère, car la vérité était qu'elle l'aimait. Elle devait attendre que cet amour disparaisse, et une fois que cela serait fait, elle pourrait alors se libérer de lui.

Qu'y avait-il de mal à s'amuser en chemin ?

Chapitre 5

Roman avait le sentiment que Chloé serait excitée, et il n'avait pas tort. C'était pour cela qu'il l'avait embrassée et l'avait laissée tranquille. Il lui avait donné de l'espace, du temps pour penser à lui, pour aspirer à lui, pour avoir faim de lui.

Elle l'avait pourtant surpris. Il pensait qu'elle lui laisserait la chasse, mais il adorait cette femme qui venait dans son bureau et prenait ce qu'elle voulait. Il devait se demander jusqu'où il pourrait la pousser. Chloé était vierge. Il avait été le premier et il serait le seul, mais il savait qu'au fond d'elle il y avait une passion en elle, un désir qu'il avait voulu explorer. C'était l'une des nombreuses raisons pour lesquelles il l'avait épousée.

Elle l'intriguait. Et jusqu'à présent, elle ne l'avait pas laissé tomber.

Repoussant la chaise, il se leva, ouvrant un à un les boutons de sa chemise, puis de son pantalon. Il s'est débarrassé de ses vêtements. Sa queue était déjà dure comme de la pierre. Il avait été difficile de rester loin d'elle, d'autant plus qu'il savait exactement ce qu'il voulait. Chloé était une femme très désirable.

Il ne pouvait pas détourner le regard alors que sa main se détendait contre sa cuisse. Reprenant son poignet, elle tendit ses doigts et il les prit dans sa bouche, chacun à son tour, en léchant la crème.

"Je veux que ces lèvres s'enroulent autour de ma bite", dit-il.

Roman se rassit et Chloé descendit de son bureau. Elle était la plus belle chose qu'il ait jamais eue sur son bureau.

Elle se mit à genoux. Chloé lui avait déjà sucé la bite et il l'avait guidée. Ce serait la première fois depuis qu'ils étaient mariés.

Elle enroula ses doigts autour de sa longueur et il s'attendait à la sentir trembler. Sa poigne était ferme, mais pas douloureuse. Il la regarda agiter le bout de sa queue avec sa langue. Il y avait déjà beaucoup de pré-sperme qui s'échappait de la pointe. Ses lèvres couvraient la tête, puis lentement, pouce par pouce, elle aspirait sa longueur. Roman attrapa ses cheveux, les enroula autour de son poing, gardant les mèches hors de sa vue. Il ne voulait pas que quelque chose gêne la vue de ses lèvres sur sa bite.

Elle le suça, les dents rétractées, et il ne put s'empêcher de fermer les yeux alors qu'elle s'enfonçait profondément, lui permettant de lui frapper le fond de la gorge. La première fois qu'il a fait ça, il a failli l'étouffer. Chloé avait les larmes aux yeux, mais elle ne voulait pas qu'il s'arrête. Il lui a permis de donner le ton. Elle commença lentement, s'éloignant de la base, suçant le bout. Lorsqu'elle utilisait juste un peu de ses dents, il était si sensible qu'il grimaçait, mais ce n'était pas douloureux. C'était presque trop bon. Il luttait entre le seuil du plaisir et celui de la douleur.

Cette fois, alors qu'il lui frappait le fond de la gorge, elle resta là. Sa langue effleura les fesses et il gémit. Roman s'attendait à ce qu'elle recule, mais elle ne le fit pas. Elle suça un peu plus fort, le prenant plus profondément. Il la sentit dépasser son réflexe nauséeux et il grogna.

"Putain !"

Elle s'éloigna de lui, mais elle dégoulinait de salive sur toute sa longueur. Chloé a refait ça, et il a adoré ça. La sentir prendre davantage de lui. Ses premières hypothèses étaient correctes. Il y avait un désir, une passion, brûlant chez sa femme, et tout ce qu'il avait à faire était de la laisser éclater. Il ne voulait pas d'une femme ennuyeuse.

Il avait été fasciné par Chloé. Il savait que si elle pouvait trouver dans son cœur la force de pardonner et d'avancer, ils pourraient être en feu ensemble.

Roman ne voulait pas lui souffler dans la gorge, alors il utilisa la prise qu'il avait sur ses cheveux pour la retirer de sa longueur. Il la souleva, la reposa sur son bureau et posa ses pieds sur le bord. Chloé plaça sa main entre ses cuisses et commença à lui caresser le clitoris.

Roman la regarda prendre son plaisir. Il lui écarta la main et elle poussa un petit cri.

Écartant les lèvres de son sexe, il pressa sa langue contre son bourgeon douloureux, la feuilletant d'avant en arrière. Elle cria son nom en se cambrant. Au moment où elle commença à s'habituer à son contact, il descendit, se dirigea vers son entrée et plongea sa langue dans sa chatte. Il entra et sortit, la poussant plus haut et plus sauvage.

Ses mains se portèrent à sa tête comme si elle ne pouvait pas gérer ce qu'il faisait, et il remonta sa langue, lapant son clitoris. Il a placé ses dents autour de son clitoris et a utilisé juste un peu de pression, pas trop, mais suffisamment pour danser entre cette fine ligne. Elle a crié son nom, puis il a voulu qu'elle vienne.

Sa queue était douloureuse et dure comme de la pierre. Il voulait tellement être en elle.

Roman connaissait déjà le corps de sa femme et sentait le changement en elle. Elle jouit fort et il posa une main sur son ventre, la maintenant en place, lui faisant surfer sur la vague de son orgasme. Il ne voulait pas qu'elle s'arrête avant d'avoir tout ressenti. Il la voulait trempée, dégoulinante, pour pouvoir la baiser fort.

"S'il vous plaît," dit-elle.

Il adorait quand elle le suppliait.

La regardant dans les yeux, il ralentit les mouvements, permettant à l'orgasme de durer. Il la regarda commencer à perdre le contrôle, sachant qu'il la poussait juste un peu au-delà du bord, mais il voulait qu'elle danse sur ce nuage. Elle était magnifique, nue, étendue et ouverte pour lui.

Roman s'arrêta au moment où elle n'en pouvait plus, mais il pressa le bout de sa queue contre son entrée, puis lentement, centimètre par centimètre glorieux, s'enfonça dans sa chatte serrée et chaude.

Il baissa les yeux entre leurs jambes et sortit de sa chatte, voyant sa bite couverte de son orgasme. Avec seulement le bout à l'intérieur, il lui a attrapé les hanches, puis l'a frappé fort et profondément, la baisant avec trois ou quatre poussées, puis il s'est arrêté. Passant ses mains sur son corps, il lui prit les hanches, puis jusqu'à ses seins, pressant les monticules l'un contre l'autre et pinçant chaque mamelon avant de revenir à ses hanches. S'accrochant aux délicieuses courbes, il s'enfonça fort et profondément en elle. Elle enroula ses jambes autour de sa taille et il entra en elle, sur le point de perdre le contrôle.

Sortant de sa chatte, il la déplaça pour qu'elle soit répartie sur son bureau. En écartant les jambes, il glissa profondément à l'intérieur, s'accrochant à ses hanches alors qu'il la prenait plus fort. Il s'écarta un peu et admira la courbe de ses fesses.

Passant une de ses mains de sa hanche vers ses fesses, il plaça son pouce juste en face de cette entrée interdite. Elle haleta et il la sentit se tendre mais en même temps, il sentit aussi sa chatte onduler autour de sa queue.

"Voudrais-tu que je te baise le cul, Chloé ?"

Elle poussa un gémissement qui aurait pu être un accord ou non. Il savait qu'elle adorerait le sentir dans son cul. Il la baisa lentement, lui faisant prendre chaque centimètre de lui, puis recula pour lui caresser l'anus. Son nom résonnait sur les murs et il savait qu'il ne durerait pas. Ne pas être avec elle pendant quelques jours le rendait fou.

S'accrochant à ses hanches, il pénétra en elle et répandit sa libération au plus profond de son ventre, l'inondant de la quantité de sperme qu'il lui donnait. Roman s'attarda plusieurs secondes, mais cela aurait pu durer quelques minutes. Se sortant de sa chatte, il souleva Chloé sur le bureau.

Son visage était rouge et il repoussa une partie de ses cheveux. La regardant dans les yeux, il passa ses doigts dans sa fente, rassemblant leurs deux libérations, puis il porta ses doigts à sa bouche.

"Ouvre-moi."

Elle l'a fait sans aucune hésitation.

Il les pressa dans sa bouche. "C'est nous deux ensemble."

Elle gémissait autour de ses doigts et il ne pouvait s'empêcher de ressentir de l'amour pour cette femme.

****

Chloé regarda son mari à travers la boîte de nuit.

Cela faisait trois nuits qu'elle ne lui avait pas rendu visite à son bureau. C'était un homme occupé.

Un jour, il n'a eu d'autre choix que de la laisser à l'appartement. Pendant ces heures, elle était assise ou se promenait dans l'appartement, se demandant ce qu'il faisait. Elle avait été tentée de se rendre à son bureau, mais elle ne voulait pas envahir son intimité.

Quand il était rentré à la maison, elle était dans le salon, feuilletant la télévision, et il s'était approché d'elle, lui avait pris la nuque en coupe et l'avait embrassée. Chloé ne se souvenait pas comment ils étaient arrivés à la chambre, mais ils l'avaient fait à un moment donné. Elle ne pouvait pas en avoir assez de lui. Même si elle se promettait que ce serait la dernière fois, cela ne fut jamais le cas.

Prenant son verre, elle but une gorgée hésitante, s'assurant que ce n'était pas quelque chose d'alcoolisé. Elle avait juré de renoncer à ces trucs après la dernière soirée tequila.

Roman parlait avec trois hommes et elle s'est assise, a regardé et a attendu. On lui avait interdit d'accéder à la section VIP, alors il l'a laissée au bar, donnant des instructions strictes au barman pour qu'il la surveille. Le bar était bondé et elle n'avait pas vu le barman depuis près de cinq minutes.

«Vous avez l'air seul ce soir», dit un homme. Il était habillé tout en noir, lui bloquant soudain la vue de son mari. Il avait les cheveux blonds, les yeux bleus, mais pas aussi bleus que ceux de son mari.

"Je ne suis pas seule", a-t-elle déclaré.

Il y avait quelque chose chez ce type qui lui faisait peur. Elle n'arrivait pas vraiment à mettre le doigt dessus, mais cela l'ennuyait car il ne comprenait pas l'allusion. Il avait l'air du garçon d'à côté, mais il y avait quelque chose dans ses yeux à laquelle elle n'avait pas confiance, et elle lui fit poser la main sur son verre. Elle remarqua la façon dont il regardait toujours vers son verre.

"Laisse-moi t'offrir un verre", dit-il en claquant des doigts.

"J'ai déjà pris un verre."

» Il a fait un petit bruit. « L'eau n'est pas une boisson assez bonne ici. »

"Tu sais que mon mari est là-bas." Elle hocha la tête en direction de Roman. Il n'avait pas remarqué que l'homme lui parlait.

Alors qu'il était distrait, Chloé fouilla dans ses poches. C'était quelque chose que son frère lui avait appris à faire quand elle était enfant. Elle n'allait jamais faire les poches ni voler, mais ils jouaient et voyaient qui pouvait sentir l'autre quand ils volaient. Chloé était devenue très douée pour ça. Elle a sorti un petit paquet de pilules blanches et elle n'a pas aimé ça. En jetant un coup d'œil autour de la discothèque, elle vit beaucoup de femmes.

Maintenant, tout ce qu'elle voulait, c'était Roman. Se levant, elle se pencha près de l'homme. « Dois-je également mentionner que mon homme fait partie de la Zaitsev Bratva ? dit-elle. "Je crois qu'il possède cette discothèque."

Avant qu'elle puisse dire quoi que ce soit de plus, Roman l'avait repérée et se dirigeait vers elle. Sa peste choisit ce moment pour disparaître et elle essaya de le surveiller dans la foule.

« Qui était cet homme ? » » demanda Romain.

Chloé lui attrapa la main, un peu secouée d'avoir utilisé les associations de son mari pour l'aider. En sortant du club-house principal, elle a vu une pièce avec une pancarte indiquant PERSONNEL UNIQUEMENT, et elle l'a fait passer. Personne n'était là.

«Je viens de prendre ça à cet homme. Je n'ai aucune idée de qui il est, mais je pense que c'est la drogue du viol, ou quelque chose du genre. Je ne sais pas. Il semblait déterminé à m'offrir un verre.

« Vous faites les poches ? »

Chloé fronça les sourcils. "Non, pas vraiment. C'était un vieux jeu stupide auquel mon frère et moi jouions quand nous étions enfants. Voudriez-vous, s'il vous plaît, prendre cela au sérieux ?

«Je prends cela au sérieux. Mes hommes l'attrapent déjà.

"Attendez ? Comment ?"

« Une femme vient de s'évanouir dans la salle de bain. Un de mes hommes passait devant les toilettes des dames, a mis deux et deux ensemble et s'est rendu compte que nous avions un putain de pervers qui travaillait dans ma boîte de nuit. Roman lui prit le visage en coupe, inclinant la tête en arrière. « Il ne t'a rien donné ?

"Il n'en a pas eu l'occasion." Elle ne buvait plus dans son verre car elle l'avait laissé sans surveillance. "Quand il ne voulait pas partir, je te l'ai fait remarquer."

« Et puis il t'a laissé tranquille ?

"Non, je lui ai dit que tu faisais partie de la Zaitsev Bratva."

Roman lui toucha la joue avec le dos de ses jointures. Le contact était si doux, si délicat. "Comment vas-tu maintenant ?"

"Je ne sais pas." Elle ne le savait vraiment pas. "Je n'aurais jamais pensé que j'utiliserais... Zaitsev Bratva pour m'aider à me protéger."

"Toutes les parties de nous ne sont pas mauvaises."

« Vous avez tué ma famille », dit-elle.

« Il y avait plus que Zaitsev ce jour-là, Chloé. Vous le savez, et moi aussi.

Les larmes lui remplirent les yeux et elle s'éloigna de lui. Prenant une profonde inspiration, elle ouvrit les yeux après avoir repris le contrôle de ses émotions. "Je pense qu'il est temps que je rentre."

Elle ne considérait toujours pas son appartement comme sa maison. C'était son appartement, sa place, sa maison. Elle savait que ça le rendait un peu fou.

Roman lui prit la main. "Non, je t'ai amené ici pour danser, et je ne vais pas laisser une petite merde gâcher notre plaisir." Il la fit sortir de la salle des professeurs et la fit entrer sur la piste de danse, avant qu'elle ne puisse refuser.

Elle avait envie de lui crier dessus, de lui gifler la poitrine, mais au moment où ils étaient au sol et qu'il enroulait ses bras autour d'elle, tout cela s'effaça. Chloé ne se sentait plus en colère. Elle ressentit un sentiment de paix alors qu'il glissait sa cuisse entre ses jambes.

La colère s'était dissipée, mais maintenant elle ressentait quelque chose d'autre, quelque chose d'un peu plus puissant alors qu'il lui agrippait la nuque. Roman avait le contrôle total.

Même s'ils étaient entourés de plusieurs couples, ils ont disparu et il ne restait plus qu'eux deux. Sa cuisse continuait de glisser vers sa chatte, et chaque contact augmentait son excitation. Toute la peur et la panique quittèrent son corps.

Une chanson en a suivi une autre, et quand elle n'en pouvait plus, ce fut à son tour de lui prendre la main. Elle ne l'a pas conduit à la section VIP, mais l'a ramené à son bureau. Certains de ses hommes le suivirent et elle ferma la porte, leur laissant un peu d'espace.

Roman ne dit pas un mot alors qu'elle le poussait sur le canapé puis se déplaçait pour le chevaucher. Ils n'avaient pas porté de préservatif depuis leur mariage et elle savait que c'était un risque, mais elle ne voulait pas arrêter. Elle ne voulait pas non plus de préservatif entre eux. Chloé adorait sentir sa bite nue en elle.

À cheval sur sa taille, elle laissa échapper un gémissement alors qu'il passait ses mains sur son corps, courbant autour de ses hanches, descendant vers ses fesses, puis passant ses mains sur son corps. Il a remonté la robe et elle a gémi quand il lui a touché la chatte.

"Ta culotte est trempée, Chloé." Il glissa ses doigts sous l'élastique et caressa sa fente. Roman pressa deux doigts en elle et elle laissa échapper un gémissement.

Il y eut une pression soudaine en haut de son corsage et elle entendit le tissu se déchirer. En ouvrant les yeux, elle fut choquée de voir que Roman avait arraché la robe de son corps.

Il a pris un de ses seins dans sa bouche, en mordant le bout. Son autre main agrippa la chair de ses fesses, resserrant sa prise jusqu'à la douleur, mais sans la toucher. Il a ajouté un autre doigt dans sa chatte, utilisant son pouce pour lui caresser le clitoris.

"Tu veux ma bite, n'est-ce pas ?" Il a demandé.

"Oui."

"Alors sors ma bite, bébé."

Elle attrapa son pantalon et relâcha le bouton, suivi de la fermeture éclair. Il était déjà dur comme la pierre. Enroulant ses doigts autour de la base, elle commença à travailler sa bite pendant que Roman faisait de même avec sa chatte. Soudain, Roman retira ses doigts d'elle et écarta les mains de chaque côté du canapé.

"Vous savez ce qu'il faut faire. Prends ce que tu veux, Chloé. Baise-moi.

Il n'a pas aidé, pas lorsqu'elle a attrapé sa bite et l'a alignée contre sa chatte. Elle n'avait jamais fait ça auparavant, mais c'était comme s'ils étaient des aimants. Elle plaça le bout de sa queue contre elle, puis, pouce par pouce, s'abaissa sur sa longueur. Ils crièrent tous les deux, mais Roman ne la toucha toujours pas.

Elle s'assit sur sa queue, le prenant jusqu'à la garde. Chloé ferma les yeux et tendit la main, attrapant ses épaules, les utilisant comme levier alors qu'elle commençait à travailler de haut en bas, en poussant plus fort sur lui.

"C'est ça, bébé, prends tout. Tu veux mon sperme, n'est-ce pas, monte-le, putain oui. Laisse-moi voir ces seins rebondir pour moi. Tu es toute à moi, Chloé. Seule ma bite te satisfera. Putain ouais, je sais que tu es proche, arrête et fais-toi jouir sur ma bite.

Elle garda une main sur son épaule et l'autre passa entre ses jambes et commença à lui caresser le clitoris. Elle était si proche, et avec sa bite au fond d'elle, elle n'était pas capable de la prolonger. Elle est venue fort et vite. À tout autre moment, elle aurait été mortifiéc par la rapidité avec laquelle elle est venue, mais pas cette fois.

Remettant sa main sur ses épaules, elle s'accrocha à lui et commença à le baiser, voulant qu'il lui remplisse la chatte. Elle le regarda dans les yeux. Même si elle l'avait combattu, il était impossible de le nier. Elle aimait cet homme de tout son être.

Elle chevauchait sa queue, et quand elle le sentait palpiter en elle, c'était son nom qui sortait de ses lèvres.

Chapitre 6

Roman vérifia le collier. Cela ressemblait exactement à celui des photos qu'il avait vues, mais cela aurait pu être l'un des nombreux produits. Selon Chloé, son père avait fait graver celui-ci spécialement.

« Où est la gravure ? » demanda Romain.

L'homme trembla alors qu'il tendait la main et retournait le médaillon. "Vous devez l'ouvrir, monsieur."

Roman vérifia la serrure et l'ouvrit, regardant à l'intérieur. Il n'y avait pas d'images et alors qu'il le montrait à la lumière, il vit la gravure Mine Forever.

Il s'agissait du médaillon de la mère de Chloé, qui lui avait été offert lors de sa cour avec le père de Chloé. C'était une douce sorte de romance quand il entendait Chloé en parler.

Il s'est occupé de l'homme qui avait la capacité de trouver n'importe quoi, il l'a payé beaucoup, puis l'a renvoyé. Il avait laissé Chloé à l'appartement aujourd'hui pour pouvoir s'occuper de certains des aspects les plus délicats de son travail. Elle n'avait pas besoin de voir quelques hommes se blesser, et elle n'avait pas besoin de savoir qu'il était à la recherche de tous les biens qu'elle n'avait d'autre choix que de vendre.

Il n'avait aucun moyen d'acquérir la maison, car elle avait été achetée et démolie comme une sorte de start-up de quartier. Il s'était renseigné : la maison d'enfance de Chloé n'existait plus et le terrain où elle se trouvait comptait désormais deux maisons.

Le médaillon était quelque chose qu'il s'entendait bien avec plusieurs autres meubles et bibelots. Le moment venu, il l'emmènerait là où il les avait tous stockés, mais pas maintenant. Passant une main sur son visage, dans l'intimité de son bureau, il rouvrit le médaillon.

«Mes parents avaient cet... amour. Je ne sais pas comment le décrire. Ils semblaient simplement graviter l'un vers l'autre. Où qu'il soit, elle n'était pas très loin, et vice versa, tu sais.

Il n'en avait aucune idée.

L'amour n'était pas quelque chose auquel il était habitué dans son monde. C'était la mort, le pouvoir et l'avidité. Les femmes étaient généralement aussi assoiffées de sang que les hommes, déterminées à réussir dans ce monde. Leur soif constante de pouvoir rivalisait avec celle de leurs maris.

Empochant le médaillon, il se leva et se dirigea vers la fenêtre. En jetant un coup d'œil sur la ville en contrebas, il s'émerveilla devant cet endroit qui ne dormait jamais. La ville pleine de secrets, de mensonges et du péché le plus mortel. Et pourtant, ses pensées revinrent à Chloé.

Il aurait été beaucoup plus facile de la tuer. Elle travaillait dans l'un des nombreux bars qu'ils possédaient. Le désordre aurait été facile à nettoyer, et il ne savait pas ce qui l'avait sauvée chez elle. Il était entouré de belles femmes d'un simple claquement de doigts. Ses hommes amèneraient des femmes correspondant à ce qu'il désirait, sans poser de questions.

Ils ne ressemblaient en rien à Chloé. Ils n'avaient pas le même feu ni la même passion. Les femmes essayaient de l'attirer, de le mettre à genoux, afin d'obtenir le titre de propriétaire de Roman Sidorov.

Pas Chloé.

Au cours de leur année de fréquentation, alors qu'elle n'avait aucune idée de qui il était, elle avait été charmante. Lorsqu'ils étaient dehors pour savourer un bon repas, Chloé attendait qu'il commande avant de commander elle-même. N'importe quel dessert qu'elle mangeait, elle le partageait. Même lorsqu'ils allaient à la foire, elle veillait à ce qu'il participe à chaque manège. Elle n'a pas essayé de le jouer.

Cela avait été naturel avec Chloé, et la vérité était que, durant toute sa vie d'adulte, il n'avait jamais eu une femme juste avec lui. Il était habitué à ce que les femmes fassent un spectacle. Chloé n'avait aucun scrupule à porter un pantalon de survêtement, une grande chemise tachée et à sortir avec lui. Oui, il l'avait vue porter de belles robes, jupes, hauts, œuvres, mais elle lui avait aussi montré cette autre facette d'elle.

Il la trouvait rafraîchissante. Rien que de penser à elle le rendait dur. Et... elle lui manquait.

Qu'est-ce qui n'allait pas chez lui ? Roman n'a manqué à personne.

Mais cela ne l'a pas empêché de s'asseoir, de prendre son téléphone portable et d'appeler son appartement. Il a continué à sonner jusqu'à ce qu'il arrive sur la messagerie vocale. Plutôt que d'appeler ses hommes, il a de nouveau vérifié Chloé, et cette fois, elle a répondu.

«Bonjour», dit-elle.

« Qu'est-ce qui t'a pris si longtemps pour répondre ? » Il a demandé.

Elle semblait également un peu essoufflée.

« Vous réalisez que le protocole approprié lorsque vous répondez au téléphone est de répondre bonjour ? »

"Répondre à la question."

« Tu es un peu maussade aujourd'hui. Qu'est-ce qui ne va pas?"

"Tout va bien, je veux savoir pourquoi tu as mis si longtemps à répondre au téléphone."

Il l'entendit souffler. Cette femme était-elle exaspérée contre lui ? Il ne pouvait s'empêcher de sourire.

« Si vous voulez savoir, je nettoyais notre salle de bain et je n'arrivais pas à comprendre d'où venait le téléphone. Je devais continuer à l'écouter pour qu'il sonne, et plus il devenait fort, plus j'en étais proche.

«C'est dans mon bureau», dit-il.

"Je le sais maintenant, et crois-moi, je n'aimais pas non plus l'idée de venir ici."

"Vous réalisez que vous n'êtes pas obligé de nettoyer", a-t-il déclaré. "J'ai une femme de ménage."

"Donc? J'aime faire le ménage, et en plus, tu réalises que tu m'as laissé ici sans absolument rien faire.

"Il y a une télévision."

«Ouais, et je me suis ennuyé après les trente premières minutes. Je devais faire autre chose. En plus, j'aime nettoyer. Elle renifla.

Il savait qu'elle détestait faire le ménage, mais elle disait toujours que c'était un mal nécessaire car elle détestait les environnements sales.

"Que portez-vous ?" Il a demandé.

"Fais attention, Roman, ça va t'exciter."

Encore une fois, il ne put s'empêcher de sourire. "J'écoute."

« Des sueurs qui ont des trous à certains endroits, au niveau des genoux, à cause de tout le nettoyage. Ma chemise est bien trop grande, elle pend sur mon épaule et il y a des taches d'eau de Javel. Je pense qu'il pourrait y avoir quelques taches douteuses, mais je détesterais vraiment réfléchir à leur origine. Elle avait grave sa voix, pour la rendre presque assez sexuelle.

Romain éclata de rire.

"Mais si tu veux savoir, sous mes vêtements de nettoyage sales et crasseux, je porte l'ensemble en dentelle rouge avec les rubans bleus que tu m'as offert."

Cela l'a fait arrêter de rire.

"Le rouge et le bleu ?" Il a demandé.

« Oui, le rouge et le bleu. C'est tellement confortable.

"Enlève ta chemise."

Elle poussa un cri. "Roman, dans ton bureau, comment pourrais-je faire ça ?"

"Facile, enlève-le, ainsi que le pantalon."

Il était presque sûr de l'avoir entendu poser le téléphone et s'écarter du chemin. Roman entendit un bruissement mais il ne pouvait pas être sûr de ce que c'était.

«Ils sont partis», dit-elle.

"Asseyez-vous sur ma chaise."

Ce faisant, elle laissa échapper un petit cri. Il avait un fauteuil en cuir. «Il fait froid», dit-elle.

"Ne t'inquiète pas, tu vas te réchauffer."

Il sentit sa bite devenir encore plus dure, imaginant sa femme assise dans son bureau, avec juste une culotte et un soutien-gorge qu'il lui avait acheté. Roman les avait récupérés la semaine dernière. Il était passé devant une boutique de lingerie, n'avait eu d'autre choix que de s'arrêter, de les admirer, puis d'aller les acheter à la taille de Chloé. Ils étaient parfaits pour elle. C'était la première fois que Chloé les portait.

"Mettez vos jambes sur mon bureau et écartez-les."

"Oui Monsieur."

Il aimait ça.

"Je vais te faire dire ça plus souvent."

"Je l'attends avec impatience, Monsieur."

Oui, il aimait ce son.

"Maintenant, je veux que tu mettes ta main sur ta chatte."

Elle laissa échapper un petit cri. "Comme ça?"

« Oui, exactement comme ça. Frottez-vous sur la dentelle. Qu'est-ce que ça fait ? Il a demandé.

"Si doux." Un autre petit gémissement haletant s'échappa. "Et ils sont mouillés, Roman."

"Dis-moi, bébé, je te manque?" Il a demandé.

"Oui tellement. Tellement tellement tellement. J'aimerais que vous soyez ici."

"Je serai. Maintenant, glisse tes doigts sous le tissu et commence à caresser ton clitoris.

Elle poussa un autre gémissement. "Oh, Roman," dit-elle.

Les sons qu'elle faisait le rendaient fou.

****

Chloé n'arrivait pas à croire qu'elle faisait ça. Assise sur la chaise de bureau de Roman, nue mais pour la lingerie sexy qu'il lui avait achetée, la main sous le tissu de sa culotte alors qu'elle se caressait. Un autre gémissement la quitta.

"Est-ce que tu touches ton clitoris?"

"Oui", dit-elle. Chloé ne pouvait pas croire à quel point elle était mouillée.

Fermant les yeux, elle imagina Roman là avec elle. "Est-ce que tu te touches?" elle a demandé. Même en posant la question, elle ne pouvait s'empêcher de sentir son visage s'échauffer.

"Tu veux que je touche ma bite?" Il a demandé.

"Oui."

"Alors dis-le-moi", dit-il.

Chloé ne put s'empêcher de sourire et elle caressa son clitoris, d'avant en arrière, encore et encore. Les yeux fermés, elle pouvait l'imaginer debout devant elle, touchant sa queue. Sur la ligne téléphonique, elle a entendu le bruit indubitable de l'ouverture de sa fermeture éclair.

"Touche ta bite", dit-elle.

"Je tiens ma bite, bébé, et je pense que c'est toi."

« Est-ce que je le tiendrais fermement, ou est-ce que je le caresserais simplement légèrement ? »

«Tu me tiendras bien. Tu sais ce que j'aime." Il l'aimait assez serré, mais pas douloureux. Il aimait danser sur le côté dur des choses.

Elle a continué à travailler son clitoris, l'imaginant en train de travailler sa bite. Chloé aurait aimé qu'il soit là maintenant. Elle serait capable de le toucher, d'explorer son corps.

Il m'a menti.

Elle ignorait cette voix dans sa tête – celle qui voulait le haïr – mais la vérité était qu'elle ne pouvait pas le haïr. Roman l'avait fait tomber amoureuse de lui, et ce n'était pas si facile de tomber amoureuse de lui. C'était son homme.

"Faites glisser vos doigts vers le bas", a déclaré Roman.

Elle l'a fait.

"Maintenant, enfonce deux doigts à l'intérieur de toi. Êtes-vous serré? Il a demandé.

"Oui."

"Est-ce que tu aimerais que ce soit ma bite en toi?"

"Oui. Oh, Roman, es-tu dur ?

"Oui."

Elle fit entrer et sortir ses doigts d'elle. "Veux-tu me faire sucer ta bite?"

"Est-ce que tu aimerais ça, bébé?"

"Oui. J'aimerais sentir ta grosse bite dans ma bouche. Sans lui dans la pièce, Chloé laissa libre cours à son imagination. «J'adore quand tu tiens mes cheveux, comment tu les serres dans ton poing. J'adorerais que tu me fasses me mettre à genoux, que tu m'ordonnes d'ouvrir la bouche et que tu glisses ta grosse et grosse bite dans ma bouche. Elle poussa un gémissement. "Cela ne me dérange même pas si mon excitation le cache." Elle ne pouvait s'empêcher de se lécher les lèvres. "Tu me ferais lécher tout mon sperme sur ta bite, pour la rendre bien humide, et ensuite tu me feras te prendre."

Elle était si proche de son propre sommet. Caressant son clitoris, elle poussa un gémissement.

"Roman, je vais venir."

"Pas encore, dis-m'en plus."

C'était trop tard. Elle était si proche. "Rentre à la maison et je vais te montrer." Elle a crié en arrivant. Frottant son clitoris, caressant de plus en plus haut, elle lâcha le téléphone pour agripper le bord de la chaise. Ensuite, elle s'est effondrée contre la chaise. Reprenant son téléphone, elle prononça son nom mais il n'était pas là.

Chloé se lécha les lèvres et se demanda s'il avait raccroché accidentellement ou s'il était sur le chemin du retour. Chloé a remis le téléphone dans le berceau et maintenant que Roman n'était plus là, elle ne voulait plus être dans son bureau. Elle se précipita hors de son bureau et se dirigea vers la chambre. Un coup d'œil dans le miroir et elle vit qu'elle avait l'air partout rouge. Roman avait un bon œil. L'ensemble de lingerie était magnifique. Elle fut tentée de l'enlever, mais changea ensuite d'avis.

En jetant un coup d'œil dans la chambre, elle eut une idée. Elle croyait qu'il rentrait à la maison, alors elle s'est agenouillée sur le sol de la chambre. Chloé passa rapidement ses doigts dans ses cheveux et attendit. Elle ne savait pas combien de temps cela durait, mais elle entendit la porte de l'appartement s'ouvrir.

"Chloe?" La voix de Roman résonnait sur les murs.

«Je suis ici», dit-elle.

Quelques secondes plus tard, il entra dans la pièce.

"Bonjour, Monsieur," dit-elle en penchant la tête en arrière. "Je me demandais quand tu arriverais."

"Oh, baise-moi. Tu es un putain de rêve », dit-il.

Il se mit à genoux, enfonçant ses doigts dans ses cheveux, inclinant la tête en arrière et l'embrassant durement. Elle poussa un gémissement, incapable de contenir son excitation. Roman a passé ses mains sur son corps, allant de ses cheveux, touchant ses seins, puis encore plus jusqu'à ses fesses.

Chloé ne savait pas exactement comment c'était arrivé, mais ils étaient sur le lit. Le costume qu'il portait, sa jolie culotte en dentelle et son soutien-gorge étaient maintenant par terre.

Elle a crié alors qu'il suçait son mamelon. Il y eut une chaleur de réponse entre ses cuisses. C'était presque comme si sa poitrine et son clitoris étaient connectés alors qu'elle sentait son excitation commencer à se développer.

Roman glissa sa main sur son corps, caressant son nœud, et elle était toujours aussi sensible. Son contact s'éclaircit, puis il descendit, enfonçant un seul doigt sur la jointure à l'intérieur d'elle. Un autre gémissement lui échappa.

"Tu es tellement mouillé, bébé, c'est magnifique", dit-il.

Elle ne pouvait s'empêcher de sourire. "Tout est pour toi."

"C'est exact. Personne d'autre ne saura jamais à quel point vous êtes parfait. Comme c'est sale.

Il a retiré ses doigts de sa chatte et les a portés à ses lèvres. « Lèche-les », dit-il.

Elle prit chaque doigt dans sa bouche, les suçant un par un.

"Putain parfait", dit-il.

Il écarta largement ses jambes et s'agenouilla entre elles. Le bout dur de sa queue se pressa contre son cœur et elle gémit son nom. Lentement, il commença à la remplir et elle cria son nom, en voulant plus. Il lui saisit les hanches et la baisa plus fort.

"Regarde, bébé," dit-il.

Elle ne pouvait s'empêcher de baisser les yeux et de le regarder commencer à la remplir. Il sortit complètement d'elle jusqu'à ce qu'il ne reste que le bout, puis frappa chaque centimètre en elle. C'était incroyable. Elle ne voulait pas qu'il s'arrête.

"Putain, tu te sens si bien", dit-il.

Elle enroula ses jambes autour de sa taille, mais soudain il se retira d'elle et se dirigea vers le bord du lit. Chloé gémit, il lui manquait déjà.

"Que fais-tu?" elle a demandé.

Il lui attrapa la cheville et elle haleta alors qu'il la tirait vers le lit. Une fois au bord, Chloé se laissa tomber sur le sol devant lui. Elle savait exactement ce qu'il allait faire et alors qu'il enroulait ses cheveux autour de son poing, elle sentit une excitation en réponse entre ses cuisses.

"Putain, bébé, tu es magnifique."

Il pressa le bout de sa queue contre ses lèvres, et elle ne put s'empêcher de lécher le bout, qui était recouvert de pré-sperme. Elle glissa sa langue sur la tête en forme de champignon, puis le long de la longue veine sur le côté. Elle s'est goûtée puis, couvrant tout le bout de sa queue, elle l'a pris lentement jusqu'à ce qu'il lui touche le fond de la gorge. Il y a eu un moment où elle savait qu'elle allait avoir des haut-le-cœur, mais elle s'est battue aussi longtemps que possible.

Roman poussa ses hanches, atteignant cet endroit. Elle ne put s'empêcher de s'étouffer, puis il sortit de sa bouche et commença à faire quelques poussées superficielles. Chloé adorait le sentir dans sa bouche.

Il était long, dur, épais et pourtant doux à la fois. Il pompait dans sa bouche et elle savait qu'il ne durerait pas.

"Bébé, tu dois me dire si tu ne veux pas une gorgée de sperme."

Chloé a continué à sucer sa longueur. Elle voulait le sentir perdre le contrôle et elle voulait le goûter.

"Oh, baise-moi", dit-il.

Il lui remplit la bouche, faisant exploser sa libération jusqu'au fond de sa gorge. Son orgasme était si inattendu, mais l'instinct a pris le dessus et elle a commencé à avaler son sperme, savourant chaque goutte.

Au moment où il n'y avait plus rien à donner, il tomba à genoux, prenant son visage en coupe et lui caressa la joue. "Tu es vraiment incroyable", dit-il.

Chloé lui sourit. Il n'y eut aucun mot alors qu'il lui prit le visage en coupe puis l'attira pour un baiser. Elle lui attrapa les bras, et même si elle était complètement repue, elle ne pouvait s'empêcher de se demander s'il... l'aimait. C'était un sentiment des plus étranges.

Chloé était tombée amoureuse de lui, au cours de leur année qui était un mensonge, alors qu'elle le connaissait sous le nom de Roman Smith, petit entrepreneur. Tomber amoureux de lui était impossible. Elle l'aimait tellement.

Mais est-ce qu'il l'aimait ?

Roman avait menti depuis le début. Elle n'était même pas sûre de vouloir connaître la vérité.

Chapitre 7

Roman savait qu'il n'y avait aucune retenue avec Chloé. Il n'allait pas pouvoir cacher son épouse pour toujours. Il n'y a pas eu beaucoup d'événements célébrés au sein de la Zaitsev Bratva, mais quand un brigadier se marie enfin, c'est toujours une raison de se réjouir.

Il ne pouvait pas refuser l'invitation, ni permettre à Chloé de paraître irrespectueuse en ne se présentant pas. Quand elle n'était qu'un boulot, il était plus facile de vaquer à ses occupations, mais pas aujourd'hui. Le soleil était haut dans le ciel, mais la limousine dans laquelle ils conduisaient ombrageait tout. Chloé portait la robe blanche qu'il lui avait demandé de porter.

« Je ne pense pas que les invités soient censés porter du blanc à un mariage. N'est-ce pas un peu... garce ? elle a demandé.

C'était quelques heures auparavant. Le thème du mariage était le blanc et le noir. Les femmes étaient censées porter du blanc, les hommes du noir. Roman portait son costume de créateur et il avait choisi la robe blanche de style cache-cœur pour sa femme. Elle était si belle dedans.

«Je ne te quitterai pas», dit-il.

"Tu sais que je ne veux pas être ici", dit Chloé alors qu'ils arrivaient enfin au domaine où avait lieu le mariage.

C'était la première fois depuis leur mariage que Chloé était exposée à la Zaitsev Bratva.

«Je sais», dit-il. « Mais nous devons tous faire des choses que nous ne voulons pas faire. C'est du business. »

"Entreprise. Droite. Et rien ne s'oppose aux affaires. Pas même les civils qui vivaient leur vie sans aucun souci.

"Chloe?"

"C'est bon. C'est juste quelque chose que je dois supporter, n'est-ce pas ? Juste une autre partie de notre charme. Vous savez, le fait que vous ayez menti sur qui vous étiez. Que tu ne m'as jamais aimé et que tout notre mariage était une pure imposture.

La limousine s'est arrêtée. Chloé attrapa la poignée de la porte. Roman a eu le bon sens de demander au conducteur d'activer la sécurité enfants pour qu'elle ne puisse pas s'échapper. Il lui attrapa la main et l'attira plus près.

"Quoi?" elle a demandé. "Êtes-vous en colère contre moi? Est-ce que tu vas me frapper ?

À part lui donner une fessée, il n'avait jamais levé la main vers elle avec colère ou pour lui faire peur. Il ne frapperait jamais Chloé.

En lui prenant la joue, il la força à pencher la tête en arrière. «Je sais que c'est difficile pour toi. Pour vous, cette nuit-là, tout le monde a participé à la mort de votre famille. Je peux vous le promettre, personne ici n'a rien à voir avec cette nuit. Ils ne savent même pas qui tu es. Seul Zaitsev, il est le seul à le savoir. Pour tout le monde, tu es à moi. J'ai fait valoir mes droits sur toi.

"Pourquoi tu me dis ça?"

"La seule personne contre qui tu as le droit d'être en colère, c'est moi."

Elle le regarda. "Je te déteste."

"Non, tu ne le fais pas."

Elle grogna après lui, et il trouva le son tellement mignon.

"Non, tu ne le fais pas," dit-il en lui saisissant la nuque et en l'embrassant fort. "Tu ne me détestes pas."

"Mais tu ne m'aimes pas."

Roman la regarda et vit les larmes dans ses yeux. Elle baissa la tête, puis regarda par-dessus son épaule. "Nous ferions mieux d'entrer."

Serrant les dents, il ouvrit tra porte et sortit. Il donna à Chloé quelques secondes avant de lui prendre la main. Elle le prit, mais il sentit le tremblement de sa paume.

Chloé pensait qu'il ne l'aimait pas. Qu'était-ce que l'amour ? Il ne connaissait pas l'émotion. Il ne l'a certainement pas compris. L'amour rendait les hommes faibles. Cela les a rendus idiots.

Non, il n'était pas amoureux.

Il n'était pas capable d'aimer qui que ce soit ni quoi que ce soit.

En entrant dans le hall principal, il secoua la tête face à la somptuosité exposée. Il y avait des fleurs partout. Leur odeur flottait lourdement dans l'air. Il y en avait de toutes sortes : jonquilles, marguerites, roses, pétunias, dahlias. Il secoua la tête et s'accrocha à sa femme. Il y avait beaucoup de monde : des hommes qu'il reconnaissait, plusieurs autres brigadiers, des associés, des hommes politiques puissants et bien d'autres encore. Il remarqua Zaitsev lui-même, qui lui fit un signe de tête.

« Il y a beaucoup de monde ici », dit Chloé.

"Ils auraient tous été à notre mariage, mais je savais que tu n'approuverais pas."

Il y avait plusieurs serveurs qui passaient, tenant des plateaux de champagne. Quand on passait devant lui, il prenait deux verres et en tendait un à Chloé.

« Tu me permets de boire ? » elle a demandé.

« Un verre avant la cérémonie. Cela ne fera pas de mal.

Elle but une gorgée et il la vit plisser le nez.

"Ouais, je pense que ça va durer toute la cérémonie."

Chloé n'était pas une grande buveuse. Roman inspecta la pièce, à la recherche du moindre signe d'attaque. Les Zaitsev avaient beaucoup d'ennemis qui aimeraient profiter du moment. Il n'était pas idiot et savait que cela les mettait en danger. Zaitsev aussi, mais il a refusé de baisser le nombre de mariages. La seule raison pour laquelle il l'avait fait pour lui était à sa demande personnelle, et vu qui était Chloé, c'était une demande qu'il avait vécue.

En sirotant le champagne, il prit la main de Chloé alors qu'ils étaient escortés hors de l'arrière dans le somptueux jardin qui avait été aménagé en église. Il repéra le prêtre au bout de l'allée. Les sièges du côté de la mariée étaient tous blancs et ceux du côté des hommes étaient tous noirs.

Roman n'a pas compris, mais il n'était pas obligé de le faire. Tout ce qu'il avait à faire était de traverser ce mariage et de ramener Chloé à la maison. Il a vu plusieurs femmes assises dans la zone de la mariée, mais Roman n'a pas permis à Chloé d'aller nulle part.

"Je pense que je dois y aller", a déclaré Chloé.

"Non, tu ne me quittes pas." Il passa ses bras autour de ses épaules et la fit asseoir à côté de lui.

"Romain?"

"Chloé, je sais que tu ne voulais pas en arriver là, mais je ne te permettrai pas de partir." Il déposa un baiser sur sa tempe. "Et personne ne t'y obligera."

Elle était tendue dans ses bras, attendant clairement que quelqu'un lui dise un mot ou lui ordonne de se rendre dans la section des mariées. Personne ne l'a fait. Chloé n'était pas la seule femme dans la section des mariés. Quelques femmes sont restées aux côtés de leur homme. Roman ne l'a pas lâchée.

La musique résonnait et Roman n'était pas intéressé par l'événement. Il était beaucoup plus distrait par l'odeur de sa femme et la sensation de son corps contre le sien.

"Elle est magnifique", dit Chloé.

La mariée serait toujours magnifique le jour de son mariage, mais personne d'autre ne se comparerait à son épouse. Chloé était magnifique. Même si elle avait été un peu terrifiée et choquée, elle était à couper le souffle. Roman n'a pas regretté d'avoir épousé sa femme.

La mariée offrit ses fleurs à l'une des femmes, puis se tourna vers son époux. Le prêtre s'éclaircit la gorge, puis pour Roman vint la procédure ennuyeuse. Il avait détesté écouter le prêtre lors de son propre mariage. Il aurait voulu en finir avec cela, tout comme il voulait que ce soit fini maintenant.

Ce n'était pas fini. Le pont et le marié avaient des vœux. Des vœux très longs et verbeux.

Roman avait l'impression qu'il allait vomir, mais il entendit ensuite le reniflement et baissa les yeux sur sa femme.

"Quel est le problème?" Il a demandé.

« C'est tellement beau. Ils s'aiment."

Roman leva les yeux vers l'autel. Ce n'était pas tout à fait exact. La mariée jouait un rôle, car il était presque sûr que le succès d'aujourd'hui avait un prix.

Dans la Zaitsev Bratva, il n'y avait pas de matchs d'amour. Entreprise. Argent. La transition des différents types de pouvoir. Mais jamais d'amour.

Zaitsev lui avait lancé un ultimatum concernant Chloé. Soit la tuer, soit l'épouser, parce qu'il en avait assez de prendre trop de temps à se décider.

Il n'allait pas la tuer. L'épouser était l'option la plus simple. Roman n'allait pas révéler ces détails à Chloé.

Le couple se retourna et il n'eut d'autre choix que d'applaudir comme le reste d'entre eux. Toujours en train de faire les mouvements. Ils se levèrent tous et il posa une main sur la hanche de Chloé, la gardant près de lui.

Il savait qu'il y avait beaucoup de vautours qui tournaient autour de ce mariage. Beaucoup d'entre eux voudraient lui rendre la vie difficile. Certains n'étaient pas contents de ne pas avoir été invités à son mariage, et il s'en foutait. Ils n'allaient pas faire de mal à sa femme. Il ne le permettrait pas.

****

Chloé ne savait pas ce que Roman cachait, ni pourquoi il était si dominateur. Une partie d'elle adorait ça, une autre voulait juste lui demander d'arrêter.

Elle aimait ses mains sur elle, le fait qu'il ne la quittait pas, mais en même temps, elle ne pouvait s'empêcher de se demander pourquoi. S'il était si inquiet qu'elle vienne, pourquoi le lui permettre en premier lieu ? Cela n'avait aucun sens pour elle. Le mariage avait été une si belle affaire. Tout au long du trajet, elle avait eu peur que Roman ne la fasse passer pour une idiote insouciante en portant du blanc. Elle était tellement reconnaissante de voir toutes les femmes porter la même couleur.

La cérémonie avait été magnifique. Ensuite, tout le monde devait avoir une photo, y compris elle-même et Roman.

Ils n'ont pas eu à se déplacer vers un autre lieu. Elle vit le personnel se précipiter pour installer les chaises.

Roman ne la quitta pas, les mains sur sa taille. Le couple a fait le tour, se serrant la main, s'embrassant.

"Tu les connais?" » a demandé Chloé.

"Oui je le connais."

« Est-ce qu'il sera un bon mari ? » elle a demandé.

Roman secoua la tête et elle ne put s'empêcher de sourire.

"Quoi?"

« Ce n'est pas une question d'amour, Chloé. Ce ne sont que des affaires.

Elle en doutait fortement, mais elle n'eut pas le temps de poser des questions alors qu'ils retournèrent une fois de plus dehors pour s'asseoir.

Elle et Roman étaient proches du couple principal. Plusieurs hommes se sont approchés de Roman, lui ont serré la main, puis ont regardé vers elle, ne laissant à Roman d'autre choix que de la présenter. Elle offrit son sourire. Sa mère lui avait toujours appris la valeur des bonnes manières. Même si elle n'était pas heureuse de faire partie de la Zaitsev Bratva et qu'il l'avait manipulée pour qu'elle devienne sa femme, elle n'allait pas l'embarrasser.

"Tu sais que tu peux aller te mêler", dit Chloé. "Cela ne me dérange pas."

Roman avait une boucle de cheveux enroulée autour de son doigt. "Il y aura du temps pour ça."

Elle roula des yeux. « S'il vous plaît, ne vous inquiétez pas. Je ne vais nulpart."

Il lui prit la joue et la rapprocha. "Tu as raison." Il déposa un baiser sur ses lèvres.

Les serveurs apportèrent des assiettes de nourriture et Chloé les piochait en écoutant les discours. Ensuite, il y a eu le temps de la première danse, et le couple était si adorable. Son mariage aurait été tout aussi magique sans la révélation de qui était réellement son mari. Cela avait été pour elle une surprise complète et totale, et elle ne s'y attendait pas.

Elle joignit les mains et adora le spectacle qui s'offrait à elle.

"Viens danser avec moi", dit Roman.

Les couples se rejoignaient déjà sur la piste de danse.

Elle prit la main de Roman et ils marchèrent ensemble sur la piste de danse. "Est-ce que je t'ai dit à quel point tu es belle aujourd'hui?" Il a demandé.

"Vous l'avez peut-être dit plusieurs fois, mais pas beaucoup." Elle a tenté de taquiner.

Les secondes passèrent.

"Comment vas-tu?"

"Je vais bien. Comme tu l'as dit, personne ici n'a rien à voir avec ça. Cela ne sert à rien de provoquer une scène. Sa mère serait tellement gênée si elle le faisait. "Ce n'est pas mon mariage et je ne vais pas gâcher le grand jour de quelqu'un d'autre."

Les mains de Roman dansaient vers ses fesses.

"Bien."

« Mais j'ai besoin d'aller aux toilettes. Pensez-vous que je peux vous laisser assez longtemps pour y aller ? » a demandé Chloé.

"Je te prendrais."

Elle roula des yeux alors qu'il lui prenait la main. Il croisa leurs doigts et ils retournèrent dans la maison principale.

Ils suivirent un long couloir jusqu'aux toilettes. "Je vais attendre ici." Il déposa un baiser sur ses jointures.

Elle lui offrit un sourire puis entra dans la salle de bain principale. Dès qu'elle aperçut la mariée, elle s'arrêta. La mariée leva les yeux puis revint à son téléphone portable. Ses lèvres étaient pincées et elle tapait du pied avec impatience.

"Quoi?" » demanda la mariée, semblant un peu ennuyée.

"Je... tu es magnifique."

"Ouais je sais. C'est ce que paieront des milliers de dollars. Croyez-moi, je sais que j'ai l'air bien. La partie parfaite ? Elle secoua la tête. "Tu as l'air bien aussi."

"Merci."

« Combien as-tu reçu ? » » demanda la mariée alors que Chloé était sur le point d'entrer dans un stand.

"Quoi?"

« Vous êtes une épouse Bratva, n'est-ce pas ? Vous êtes mariée à l'un des hommes.

"Roman Sidorov, oui."

« Eh bien, combien avez-vous été payé ? Je sais qu'il est étroitement lié aux Zaitsev, alors je parie que vous avez une fortune, n'est-ce pas ?

"Je ne suis pas sûr de te suivre?"

"J'ai vingt-et-un ans. Pensez-vous vraiment que j'épouserais un homme deux fois plus âgé que moi ? Elle renifla. « Je dois laisser ce vieux mec me toucher, et je n'allais pas faire ça sans en tirer une sorte d'accord. J'ai opté pour une allocation mensuelle de mon choix, ainsi qu'une somme forfaitaire.

Chloé avait vingt-cinq ans. Roman avait quarante ans. C'était un écart d'âge de quinze ans, mais elle n'avait pas besoin d'argent pour être avec lui.

"Je... il n'y a pas d'argent."

La mariée fronça le nez.

"Tu n'aimes pas ton mari?" » a demandé Chloé.

"Amour. Ne me fais pas vomir. Sûrement pas. Qui aime dans ce monde ? Pas nous. Nous savons que notre virginité a un prix, mais rien d'autre. Il va aussi me faire recracher quelques enfants, et croyez-moi, cela aura un prix élevé.

Chloé avait trouvé la cérémonie magnifique, mais en regardant la mariée maintenant, elle comprenait que tout cela n'était qu'un mensonge. Elle ne savait pas quoi dire.

Aucun argent n'avait été échangé entre elle et Roman. Il n'y avait eu aucun accord, autre qu'un accord d'amour. Elle aimait Roman, et c'était pourquoi elle l'avait épousé. Se mordillant la lèvre, elle ne savait pas exactement quoi dire.

Le téléphone portable de la mariée a sonné, et au moment où cela s'est produit, elle a regardé l'écran et a souri.

"Afficher l'heure. Cette journée s'annonce prometteuse.

Elle avait clairement été payée et elle sortit de la salle de bain sans ajouter un mot. Chloé entra dans le stand. Elle s'assit et entendit plusieurs autres femmes entrer dans la salle de bain. Chloé ne savait pas combien elle pourrait supporter de plus.

"Ils n'ont pas menti, elle est belle."

"Ouais, mais elle est clairement coincée."

Il devait y avoir quatre femmes, peut-être cinq. Chloé fronça les sourcils. De qui parlaient-ils ?

« Mon mari m'a dit que nous n'étions pas invités parce qu'elle ne le savait pas. Quelque chose à propos de l'identité de Sidorov qui est secrète. Je ne sais pas. Comment pourrait-elle ne pas savoir qui est Sidorov ?

«Eh bien, j'ai entendu dire que tout était faux. Il a dû l'épouser pour la faire taire.

"Non, j'ai entendu des rumeurs selon lesquelles Roman l'aime réellement."

Ils parlaient d'elle.

« Ça ne peut pas être de l'amour. Il est impossible que ces hommes aiment autre chose que la couleur verte. De l'argent ou de l'or.

« Il ne la laissera pas quitter son côté. Il ne la force pas non plus à assister aux dîners. Croyez-moi, ce n'est pas qu'une rumeur. J'ai même entendu dire qu'il construisait un petit sanctuaire pour elle.

"Un sanctuaire."

Ils se mirent tous à rire.

«Je me demande comment elle a pu l'attraper. Je veux dire, j'ai entendu dire que certaines des plus belles femmes n'ont pas réussi à l'avoir.

Chloé tirait la chasse d'eau. Elle détestait qu'on en parle. Le silence retentit et elle ouvrit la porte, détestant que son visage soit rouge vif. Elle sentait le regard de toutes les femmes sur elle. Elle se lava les mains, les essuya sur un mouchoir, puis se tourna vers elles.

"Mesdames", dit-elle.

Maman m'a toujours appris à être une bonne fille. Être gentil et poli.

Ne dis rien.

Ne faites rien.

À la porte, elle ne put s'empêcher de regarder vers la pièce. "Si tu dois savoir comment j'arrive à garder Roman, c'est parce que je lui suce très bien la bite."

Chloé regretta ces mots dès qu'ils sortirent de sa bouche. En sortant de la salle de bain, elle se précipita vers Roman.

"Êtes-vous d'accord?" » demanda Romain.

« Pourquoi sommes-nous... pourquoi les gens bavardent-ils à notre sujet ? » elle a demandé.

Elle ne se retourna pas lorsque les femmes quittèrent la salle de bain. Il y eut quelques rires et elle ferma les yeux, comptant jusqu'à dix, puis jusqu'à vingt, espérant qu'un peu de raison reviendrait dans son cerveau.

"Qu'est-ce que tu as fait?" Il a demandé.

Plissant le nez, elle secoua la tête, ne voulant pas lui dire ce qu'elle avait dit dans le feu de l'action.

"Chloe?"

Elle lui a dit. « Écoutez, je n'aime pas qu'on raconte des ragots, et c'est injuste parce que je ne comprends pas. »

Il rejeta la tête en arrière et rit. "Tu n'as pas tort." Il la rapprocha de lui pour que ses lèvres soient près de son oreille. "Tu me suces très bien la bite."

"Romain?"

« Ce n'est clairement pas perdu pour vous que tout le monde ici connaît les affaires des autres. C'est un thème récurrent et vous n'êtes pas comme tout le monde. Je n'ai pas permis à tout le monde de s'immiscer. Tu es un mystère parce que c'est moi qui l'ai fait.

Chapitre 8

Roman était encore en retard. Il a promis à Chloé qu'il rentrerait à la maison à sept heures, mais les affaires avaient continué et les choses étaient devenues compliquées. Il y avait quelques proxénètes qui couraient au coin des rues et kidnappaient des femmes. Leur opération était bâclée et Zaitsev voulait que tout soit fermé, et les hommes en ont fait un exemple. Tous seraient hospitalisés et leur vie aurait été définitivement changée. Ils n'allaient plus jamais causer de problèmes à personne.

C'était la spécialité de Roman pour Zaitsev. Lorsqu'un message devait être transmis, il était l'homme de la situation. Les vêtements ont dû disparaître et les dégâts ont été nettoyés.

En entrant dans son appartement, il était près de minuit et il aperçut les pétales de roses à la porte. Il grimaça. Roman n'avait aucune idée que Chloé avait prévu quelque chose d'aussi somptueux. Il y avait des bougies, certaines brûlaient encore. Fermant la porte, il marcha sur les pétales et suivit l'exemple en direction de la chambre.

Sa femme était recroquevillée sur leur lit et il vit un cadeau posé à côté d'elle de son côté du lit. Elle n'avait pas bougé. Entrant dans la pièce sur la pointe des pieds, il se dirigea vers Chloé. Elle portait l'un de ses déshabillés préférés.

«Tu es en retard», dit-elle, le surprenant.

"Tu es réveillé."

"J'ai entendu dire que tu étais arrivé à la maison." C'était la première fois depuis leur mariage qu'elle habitait cet appartement.

«J'avais des affaires. Qu'est ce que tout ca?" Il a demandé. Il avait réservé les dates importantes et leur anniversaire n'aurait lieu que le mois prochain.

Chloé passa une main sur son visage et s'assit. "Ce n'est rien."

« Ça ne peut pas être rien. C'est important pour vous », dit-il en s'asseyant sur le lit.

Elle a cherché le cadeau. Il baissa les yeux, un peu confus.

"Chloe?"

« Ouvrez-le simplement. Ce n'est pas quelque chose de grand ou de cher.

Il ouvrit l'emballage et regarda la photo d'eux deux et fronça les sourcils.

« C'est ringard. Je sais que notre anniversaire – lors de notre première rencontre – est passé, mais j'avais cette photo et je voulais que vous l'ayez... peut-être pour votre bureau. Je sais que tu ne m'aimes pas, et c'est tellement stupide maintenant. Il était censé être prêt pour notre anniversaire, mais j'ai reçu un appel l'autre jour et je leur ai demandé de le livrer. Elle est allée l'atteindre. "Romain?"

Il le sortit de sa portée. "Je l'aime. C'est quoi toutes ces fleurs ? Il a demandé.

«Je voulais faire quelque chose de sympa. C'est tout." Elle posa ses mains sur ses genoux.

La photo a été prise au bar. Il ne se souvenait pas vraiment pourquoi il avait pris cette photo, mais il avait attiré Chloé contre lui, et cela la montrait le regardant avec un sourire aux lèvres. Il allait garder la photo.

«C'est nul», dit-elle.

"Non ce n'est pas." Il se leva.

"Romain?"

Il ne s'est pas arrêté pour lui répondre et l'a apporté directement à son bureau, plaçant la photo à un endroit bien en vue sur son bureau.

"Vous savez, seuls les gens qui aiment leur femme ont des photos d'elle", a déclaré Chloé. "Tu n'es pas obligé de faire ça."

Roman se tourna vers elle. « Je ne connais pas l'amour. Je ne comprends pas l'amour. Je ne l'ai jamais fait et je ne le ressens pas. Je tiens à toi, Chloé. Je veux que tu sois heureux."

« Est-ce que toutes les femmes mariées au sein de cette Bratva reçoivent de l'argent ? » a demandé Chloé.

"Non."

"Ils ne le font pas ?"

"Je commence à penser que j'aurais dû aller dans cette salle de bain avec toi", dit-il.

Chloé rit. Elle porta une main à sa bouche tout en réprimant un bâillement. "Je suis fatigué."

"Va te coucher, je souffle les bougies et je viens te rejoindre." Il la regarda quitter son bureau, et Roman contourna son bureau et s'assit, regardant la photo de sa femme.

L'argent passait toujours entre les mains lorsqu'il s'agissait de mariages, mais il n'avait mené aucune négociation. Il l'avait épousée parce qu'il le voulait.

Il se frotta les yeux. La Zaitsev Bratva lui avait tellement pris. Il n'avait pas prévu que cette vie la touche vraiment. Il espérait l'en tenir à l'écart, mais il ne pouvait pas faire grand-chose. Se levant, il fit le tour de l'appartement et souffla chaque bougie, souhaitant pouvoir rentrer chez lui. Il entra dans la chambre et Chloé était déjà recroquevillée sur le côté du lit, l'air complètement hors de lui.

Roman prit une douche rapide, emportant la journée ainsi que le souvenir de ce qu'il avait fait. Une fois propre, il sécha son corps puis entra dans la chambre. En montant dans son lit, il resta sur le côté, lui laissant une certaine distance, mais ce n'était pas ainsi qu'il pouvait dormir, ni s'installer.

Réduisant la distance, il glissa une main sous elle et la guida vers lui. Elle poussa un soupir et son nom sortit de ses lèvres. Saisissant sa hanche, il attendit qu'elle s'installe et se blottisse contre lui et au moment où elle le fut, il sentit ses yeux commencer à se fermer alors que la paix s'installait enfin sur lui.

****

Chloé a vomi. Elle ne pouvait tout simplement rien retenir. Hier, elle s'était sentie incroyablement faible. La maladie allait et venait toute la journée, et maintenant, à quatre heures du matin, elle n'avait pas pu la retenir. Roman était toujours à la maison et il lui retenait actuellement les cheveux.

"Tu es enceinte", dit-il.

"Je ne suis pas enceinte." Elle s'accrocha au siège des toilettes tandis que les frissons ravageaient son corps. "Ça ira. Vous voudrez peut-être prendre du recul au cas où vous attraperiez quoi que ce soit.

"Les femmes enceintes ont des nausées matinales."

« Roman, ce ne sont pas des nausées matinales. Les femmes se réveillent puis vomissent, elles ne se réveillent pas parce qu'elles sont sur le point de vomir. Elle fronça le nez et espéra qu'il ne lui répondrait pas parce qu'en vérité, elle n'avait pas beaucoup de sens. Elle n'avait aucune idée du protocole approprié en cas de femmes enceintes ou de nausées matinales.

Elle et Roman n'utilisaient pas de préservatifs et étaient mariés depuis près de trois mois. Elle n'avait pas manqué ses règles, donc elle savait qu'elle n'était pas enceinte. Appuyant sa tête contre le bord des toilettes, elle essaya de prendre plusieurs respirations profondes. Roman lui tenait toujours les cheveux et lui frottait le dos.

"Tu es trempé", dit-il.

Oui, c'était un bug. Elle ne savait pas d'où elle l'avait attrapé. Peut-être une de ses boîtes de nuit. Ils y sont allés vendredi soir. C'était maintenant lundi matin et, eh bien, elle ne se sentait pas bien.

«Je peux m'en occuper. Tu dois dormir, Roman. Tu as du travail le matin. Ils avaient réussi à s'installer dans une étrange routine. Roman l'emmenait travailler avec lui la plupart du temps. Elle adorait apprendre ce qu'il faisait du point de vue juridique. Jusqu'à présent, elle n'avait pas la moindre idée de ce à quoi ressemblaient ses autres travaux. Il ne lui avait pas parlé des trucs de Bratva, et elle lui en était reconnaissante.

Ce qui n'aidait pas, c'était le fait qu'elle essayait de ne plus être amoureuse de lui, et non plus de lui. Elle voulait le détester.

"Je ne vais nulpart."

"Je serai..." Elle n'eut pas l'occasion de finir car son vomi choisit ce moment pour arriver. Elle a réussi à franchir les toilettes et a commencé à avoir des vomissements.

"Je t'ai, bébé. C'est tout, évoquez tout cela.

Elle n'arrêtait pas de vomir, jusqu'à ce qu'elle ait des haut-le-cœur et prenne de grandes et profondes respirations. "Oh mon Dieu."

Une fois de plus, sa tête fut appuyée contre les toilettes et les frissons commencèrent à prendre le dessus.

"Roman, tu dois partir."

"N'arrive pas." Il la souleva et elle poussa un cri. Il l'avait déplacée un peu trop vite, mais elle n'avait pas besoin d'aller bien loin.

Roman entra dans la douche et ouvrit l'eau. Il utilisa son corps comme garde, empêchant l'eau de la frapper. Elle avait déjà un froid glacial. Elle ne savait pas si elle serait capable d'en supporter davantage.

«Je t'ai», dit-il.

Il n'arrêtait pas de répéter cela. Elle voulait être en colère contre lui, mais c'était la chose la plus éloignée de son esprit.

"Roman..." Il l'aida sous l'eau chaude et cette fois, elle gémit. Elle ne pouvait tout simplement pas s'en empêcher. Elle avait eu si froid et maintenant elle avait si chaud.

"Tu es malade", dit-il.

Chloé n'a même pas eu l'énergie de revenir avec un commentaire sarcastique. Il la souleva et son corps avait l'impression de peser une tonne. Elle l'a probablement fait. Roman ne s'est pas plaint, pas une seule fois.

"Je t'ai," répéta-t-il.

Chaque fois qu'il disait cela, elle ressentait un énorme soulagement envahir son corps.

Elle s'appuya contre lui et Roman enleva les vêtements de son corps. Elle l'a aidé du mieux qu'elle pouvait. Tout son corps lui faisait mal. Roman l'a lavée et elle a pu se tenir debout. Elle a essayé de tout faire elle-même mais il ne la laissait pas faire.

"Je t'ai, bébé."

Chloé ne savait pas pourquoi ces mots l'avaient aidée, mais c'était le cas. Pendant la douche, elle a eu une autre vague de nausées. Roman la ramena sous la douche. Il a fini de la laver puis il l'a également séchée.

» protesta Chloé alors qu'il venait la chercher. Il ne la ramena pas au lit, car son côté était trempé de transpiration. Il la déposa sur une chaise. Elle le regarda, incapable de l'aider, enlever le lit, retirer les couvertures, puis le changer.

Chloé ne l'avait jamais vu faire le lit auparavant. «Je ne pensais pas que tu savais comment. N'avez-vous pas de personnel pour le faire ?

« J'ai une femme qui dort un peu plus tard que moi. Je suppose que c'est elle qui fait notre lit.

"Correct."

Elle gémit en pressant ses doigts contre sa tête.

« Est-ce que tu vas être encore malade ?

"Non non. Je vais bien."

Il attrapa une chemise et un pantalon de survêtement.

« Ce ne sont pas les miens », dit-elle.

"Je sais. Ils sont à moi." Elle avait l'intention de protester, mais elle ne le fit pas, car dès que les vêtements étaient sur son corps, à quoi bon ? Ils sentaient comme lui, et pour le moment, elle avait besoin de tout le réconfort possible.

"Bien, il est temps pour toi de te coucher. Je vais appeler le médecin.

"Vous n'avez pas besoin d'appeler le médecin." Elle fit la moue.

«Je ferai ce que je pense être le mieux. Vous n'avez pas les meilleurs antécédents pour prendre soin de vous-même.

Elle haleta. "C'est un tel mensonge." Parler lui faisait mal à la tête. "Ça ira. Vous pouvez aller travailler. Je peux prendre soin de moi."

S'allonger dans le lit était si bon. Au moment où sa tête toucha l'oreiller frais, son mal de tête commença à s'atténuer. Elle se reposait juste un peu, puis se levait et faisait tout ce qu'elle avait à faire. Le repos était bien. Elle avait envie de se pelotonner et de s'endormir.

"Chloé, je ne vais nulle part."

« Tu n'es pas obligé de prendre soin de moi. Je sais que tu ne m'aimes pas. Elle a souri. "Je dois continuer à me dire ça pour pouvoir essayer de ne plus t'aimer." Elle ne put s'empêcher de faire la moue et elle ouvrit les yeux et le regarda. "Je pense que c'est la chose la plus cruelle que tu m'as faite."

Il n'a pas dit un mot, il l'a juste regardée.

"Tu m'as fait tomber amoureux de toi, et tu ne m'aimais pas du tout." C'était tellement fatigant de parler et son estomac lui faisait mal, et elle avait juste besoin de s'endormir.

Chapitre 9

"Je ne tombe jamais malade", a déclaré Roman, puis il a essayé de s'empêcher de crier. La douleur était ridicule.

Il vit Chloé grimacer. Tout ce qu'elle avait, elle le lui avait donné, et maintenant il luttait pour ne pas vomir.

"Tu n'iras pas au travail aujourd'hui", dit Chloé en prenant le relais et en lui enlevant sa veste.

« Soyez prudent », a-t-il dit, sachant que sa veste contenait plusieurs armes. Ils portaient tous leur sécurité, mais il n'était pas prêt à risquer sa vie.

Elle a lentement, patiemment, mis la veste sur le dossier de la chaise. Sa main sortit et elle la posa doucement sur sa tête. "Tu brûles."

"Je vais bien. J'ai toujours un peu chaud. Un autre spasme d'estomac le frappa et il plaça sa main sur sa bouche.

Il n'avait pas été malade depuis longtemps. En fait, il ne se souvenait pas de la dernière fois. Il avait une constitution solide. Cela n'avait aucun sens pour lui de se sentir si pourri.

"Tu vas être malade." Elle tendit la main et lui attrapa le bras. « Et tu trembles. Je sais que tu n'aimes pas l'idée d'être malade, mais tu dois l'accepter.

« Je n'ai rien à accepter. Je ne crois pas que je suis malade. Je vais parfaitement bien.

« Et si on t'emmenait aux toilettes, juste au cas où ? Je sais que tu détesterais que je nettoie ton vomi, et tomber malade sur le tapis est un cauchemar, crois-moi.

Plus elle parlait de nettoyer le vomi, plus il se sentait mal.

«Je vais être malade», dit-il.

Il laissa Chloé le guider jusqu'à la salle de bain. Il n'était pas question qu'il permette à ses hommes de le voir ainsi. Elle l'a aidé à aller aux toilettes, il s'est mis à genoux, puis le monde a tenté de s'échapper.

C'était horrible. Roman s'attendait à ce que Chloé parte car l'odeur était encore pire, mais elle est restée. Elle lui frotta le dos et l'apaisa, lui disant que tout irait bien. Il adorait la sensation de ses mains sur son dos. Elle a aidé à apaiser la douleur.

«Je vais bien», dit-il.

Elle ne lui permettait pas de bouger et il comprit alors pourquoi. Une autre vague de maladie a éclaté. Cette fois, il vomissait depuis si longtemps qu'il avait du mal à reprendre son souffle. Une fois qu'il eut fini, il ne put s'empêcher de s'effondrer sur le sol de la salle de bain. Le carrelage était si froid contre sa chair chauffée.

« Vous pouvez partir », dit-il. "Je peux le faire."

«Roman, arrête d'être têtu. Je ne vais pas te quitter. S'il vous plaît arrêter. De plus, je suis ta femme. Pensez-vous que ma mère a quitté mon père quand il était malade ? Non, elle ne l'a pas fait.

«Je déteste quand tu parles de tes parents», dit-il.

"Je suis désolé."

"Je les ai laissés tomber", a déclaré Roman. « Ils n'auraient jamais dû être mis en danger, et chaque fois que vous parlez d'eux, je sais que c'étaient de bonnes personnes. Ils devaient être de bonnes personnes, parce qu'ils vous avaient et que vous êtes précieux.

Il y eut un silence.

"Je sais qu'ils n'auraient pas approuvé qui je suis."

"Roman, arrête."

«Je voulais faire ce qui était bien avec toi. On t'a tout pris, et je voulais juste être une raison pour te redonner le sourire. J'aime quand tu souris. Roman posa une main sur son visage et gémit. "Je pense que je sens."

"Tu fais. Nous devons te lever pour que je puisse t'aider à te doucher.

« Vous essayez de me mettre nue, Mme Sidorov ? Vas-tu essayer de me séduire ?

« Aussi charmant et facile que cela puisse être, je pense aussi que ce serait cruel, et je ne suis pas cruel. Je ne te ferai pas de mal. Elle lui toucha le bras. "Allez, Romain."

Il lui fallut beaucoup de force pour se relever et il gémit. Tout me faisait mal. Il avait participé à des combats et à des batailles qui ne lui avaient pas fait autant mal.

"Je pense que quelqu'un m'a empoisonné", a-t-il déclaré.

« Seulement une grippe intestinale, ou quelque chose comme ça. Vous êtes un homme, donc ça va être dix fois pire.

« Tu te moques de moi ? » Il a demandé.

"Un peu, mais c'est seulement parce que je veux te faire rire."

Il était debout et il se tourna vers elle. La pièce ne pouvait pas tourner. Il était resté plusieurs fois dans cette salle de bain, et elle ne bougeait jamais du tout. Ce devait être la maladie.

"Tu fais. Tu me fais rire, Chloé. Tu me donnes envie de rentrer à la maison. Je n'ai jamais ressenti cela auparavant. Il lui caressa la joue.

Chloé lui attrapa la taille et le guida jusqu'à la douche. Elle le poussa contre le mur tout en ouvrant la douche, et elle ne le laissa pas bouger tant que l'eau ne se serait pas réchauffée. Elle plaça une main sous le spray pour le tester.

"Tu vas bien." Elle a commencé à tirer sur ses vêtements. Ce faisant, elle secoua son corps et cela lui fit encore plus mal. "Je sais. Je sais. Vous vous sentez très mal. J'essaie d'être prudent.

Elle ôta ses vêtements puis attrapa le savon, se faisant mousser les mains. Roman aurait aimé ne pas être malade pour pouvoir profiter du plaisir de ses mains. Sa peau était si sensible et même s'il voulait être excité, il ne pouvait pas se résoudre à l'être, car il avait trop mal.

Chloé a lentement et timidement lavé son corps. Il était beaucoup plus grand qu'elle, alors quand il s'agissait de se coiffer, il n'avait d'autre choix que de s'agenouiller devant elle. Cette position le mettait en vue directe de son ventre. Il posa ses mains sur sa taille puis se pencha, déposant un baiser sur son ventre.

« Pensez-vous que nous allons avoir un enfant ?

"Je ne sais pas."

«Je pense que je suis puni pour t'avoir menti. J'espérais que tu serais enceinte maintenant.

"Pourquoi seriez-vous puni?"

"Parce que ce n'est pas le cas", dit-il. « Je ne veux pas que tu partes. Jamais." Il l'entoura de ses bras et la rapprocha.

Elle était encore entièrement habillée, mais il s'en fichait. Ses mains lui savonnaient les cheveux et il ferma les yeux, essayant de la respirer, mais la seule odeur qu'il sentait était celle de son shampoing.

"Je veux que vous restiez."

"Et tu penses que les bébés vont aider?"

"Oui."

"Romain?"

«Je veux que tu sois enceinte. Je sais que tu seras une maman extraordinaire et j'ai tellement pris de toi. Je veux le rendre. Il déposa des baisers sur son ventre. "Je veux que tu tombes enceinte."

"Roman, je dois finir de te laver pour pouvoir te remettre au lit."

Il ne voulait pas la laisser partir, mais il voyait qu'il n'avait pas vraiment le choix. Il tenait toujours sa taille, mais cette fois, il se pencha suffisamment en arrière pour qu'elle finisse de se laver les cheveux. Elle a rincé le shampoing puis appliqué le revitalisant. Il commençait lentement à se sentir à nouveau comme avant. Un petit peu. Son estomac était encore trop faible.

Chloé a coupé l'eau et il a essayé de ne pas la laisser partir.

"Je dois te prendre une serviette."

Il ne voulait pas la laisser partir, mais il avait aussi froid maintenant. Elle revint quelques secondes plus tard avec quelques serviettes.

«Je vais avoir besoin que tu te lèves», dit-elle.

Elle lui tendit les mains et il l'utilisa comme levier, mais il s'assura également de ne pas lui mettre trop de pression.

"Est-tu bon?" elle a demandé.

Le monde tournait toujours.

"Non, non, tu n'es pas bon." Elle serra fermement ses mains autour de lui. "Je t'ai eu. Je t'ai eu."

Elle l'accompagna dans la chambre puis le percha sur la chaise. Chloé l'a séché, puis l'a changé en un pantalon de survêtement et une chemise laide.

«Pourquoi essaies-tu de m'habiller? Tu ne veux pas que je sois nue pour que tu puisses avoir tes mauvaises manières avec moi ? Il a demandé.

« Aussi tentant que vous prononciez ce son, cela n'arrivera pas. Allez, il est temps pour toi d'aller te coucher.

"Tu ne vas pas me rejoindre?" Il a demandé.

"Non, je vais te préparer quelque chose à manger."

"Je ne peux pas manger."

« Pas maintenant, mais après un peu de repos, tu pourras manger. Fais-moi confiance."

«Je te fais confiance, Chloé. Tu es la seule personne en qui j'ai confiance.

****

Chloé se souvient que sa mère décrivait souvent son père comme un emmerdeur à soigner, mais elle ne voulait pas qu'il en soit autrement. Elle aimait tellement son mari et prendre soin de lui quand il en avait le plus besoin était sa spécialité.

Chloé adorait prendre soin de Roman. Elle imputait toutes ses petites confessions à la maladie. Elle ne savait pas s'ils étaient réels ou non, mais elle ne les a pas ignorés. La façon dont il parlait dans la salle de bain donnait l'impression qu'il l'aimait. Cela ne pouvait pas être vrai. Il n'y avait aucune chance que Roman ait des sentiments pour elle. Ce n'était même pas possible, et pourtant elle sentait cet espoir fleurir dans sa poitrine.

Elle finit de retirer la viande de poulet de l'os, et une fois qu'elle fut sur la planche à découper, elle passa son couteau dedans, la transformant en petits morceaux. C'était la recette de sa mère et c'était parfait. Beaucoup d'oignons, de céleri, de carottes et quelques morceaux d'ail. Un poulet entier pour plus de saveur. Herbes. Sel et poivre. C'était le remède miracle de sa mère pour ses enfants. Chloé ne croyait pas que cela guérissait quoi que ce soit, mais c'était toujours aussi savoureux. Elle n'y était pas parvenue depuis le départ de sa mère.

Prenant la planche à découper, elle remit les morceaux de poulet dans le bouillon, puis prit la grande cuillère en bois et la remua bien. C'était bien de recommencer.

Ramenant la casserole à ébullition, elle la baissa ensuite sur le feu et attendit dix minutes. Avant que les dix minutes ne soient écoulées, elle ajouta les petits pois surgelés, puis une fois qu'ils eurent fini, elle remua une dernière fois et en versa un bol pour Roman. Elle était allée le voir. Pour l'instant, plus de maladie, mais elle ne voulait pas qu'il ait des vomissements secs.

Avec le bol et une cuillère à la main, elle se dirigea vers la chambre. Il poussa un gémissement puis se redressa.

"Hé," dit-elle. "C'est juste moi. J'ai un bol de soupe de ma mère. Cela devrait vous aider à vous sentir mieux.

"Ta mère?"

"Oui."

"Pensez-vous que je devrais le boire?" Il a demandé.

"Oui je le fais. Je pense que ça va t'aider à te sentir mieux, beaucoup mieux.

"Et tu veux que je me sente mieux?" Il a demandé.

"Oui bien sur." Elle n'avait aucune idée de ce qui lui avait pris. La grippe doit le rendre un peu étourdi.

Il laissa échapper un gémissement puis plaça un oreiller derrière son dos, l'aidant à rester debout. « Tout me fait mal. Pourquoi est-ce que je me sens si pourri ?

"C'est la grippe ou le virus."

"Tu n'as pas gémi comme ça", dit-il.

Elle ne pouvait s'empêcher de sourire. La vérité était qu'elle s'était sentie très mal, voire pire, mais elle ne voulait pas donner à Roman une excuse pour partir, alors elle l'avait supporté et s'était plutôt concentrée sur sa présence.

Chloé s'assit au bord du lit près de lui. « Veux-tu que je te nourrisse ? Ou aimeriez-vous vous nourrir ? elle a demandé.

"Vous me nourrissez."

Elle tenait le bol, le remuait légèrement avec la cuillère, puis ramassa un peu de soupe et souleva le bol pour le présenter à Roman. Il en prit une bouchée et elle le regarda fermer les yeux.

"C'est bien", dit-il.

Elle a souri. "Bien. C'est bien."

Elle l'a nourri, heureuse que cela lui plaise. Sa mère veillait toujours à ce que ce soit bon et elle le goûtait pour lui, mais cela lui rappelait des souvenirs.

"Voulez-vous des enfants?" Il a demandé.

"Un jour, oui."

"Mes enfants?"

« Oui, Roman, tes enfants. À moins que tu n'envisages de divorcer ? elle a demandé.

"Jamais."

"Jamais? Tu ne penses pas que tu voudras un jour divorcer de moi ? Cela l'a surprise.

«Je ne voudrais jamais divorcer de toi, Chloé. Tu es à moi."

Cela ne devrait pas la rendre heureuse, mais c'est le cas. Cependant, elle ne lui laissa pas voir ce que cela lui faisait ressentir.

En soulevant la cuillère, elle lui donna plus de nourriture et attendit qu'il ait fini.

"Tu as de la chance, Chloé, d'avoir connu des parents vraiment aimants."

"Je sais."

Roman n'avait pas eu autant de chance.

« Comment c'était quand tu étais un garçon ? » elle a demandé.

"Un cauchemar. Je n'ai pas eu de soupe. J'avais encore du travail à faire. Il n'y avait pas de temps pour être malade.

"Ce n'est pas bon", dit Chloé.

« Mon père bâtissait sa réputation et il n'avait pas de temps pour un fils faible. Ma mère perdait déjà la tête à ce moment-là, elle ne servait donc à rien pour s'occuper de qui que ce soit. J'aime ça, Chloé. Feriez-vous cela pour nos enfants ?

"Oui je voudrais."

Elle voulait avoir ses enfants. Elle voulait tellement être mère, mais elle ne le lui avait pas dit. Même si elle voulait rester en colère contre lui pour lui avoir fait du mal, pour lui avoir menti, en même temps, elle ne pouvait pas se résoudre à l'être. Quel était le but ?

Elle l'aimait.

Oui, cet amour s'était développé à partir de mensonges, mais en même temps ce n'était pas le cas. Roman était le même gars. La seule différence était son nom de famille et ses associations. A part ça, rien n'était différent. Elle remarqua qu'il ne souriait jamais à personne. La seule personne pour qui il souriait était elle.

Il flirtait et taquinait, ce qui n'était pas différent. S'il y avait quelqu'un dans les parages, il serait simplement lui-même, et elle était venue pour le voir.

Même si elle voulait être en colère contre lui et exiger le divorce, ou le forcer à la laisser tranquille, elle ne le voulait vraiment pas.

Roman était toujours Romain et elle était tombée amoureuse de lui.

Elle finit de lui donner la soupe et il posa une main sur son ventre.

« Est-ce que tu vas être malade ?

"Non, non, je pense que j'aimerais un peu plus de soupe."

"Je reviens tout de suite", dit-elle en se levant. Elle servit encore de la soupe. Elle avait éteint la cuisinière, mais avait pris soin de mettre le couvercle sur la casserole pour la garder bien au chaud.

De retour dans la chambre, elle vit que Roman s'était blotti dans le lit et ronflait doucement. Il avait l'air si mignon et adorable pendant son sommeil.

Chloé soupira. Elle avait déjà changé de cuillère, alors elle s'assit sur la chaise et commença à manger le bol de soupe qu'elle lui avait acheté. Ce faisant, elle ferma les yeux, sentant l'essence de sa mère l'entourer.

Elle savait que sa mère n'approuverait pas les associations de Roman avec la Bratva Zaitsev, mais elle savait aussi que sa mère l'approuverait certainement en ce qui concerne ses sentiments. Elle ne pouvait pas cacher le fait qu'elle l'aimait. Cet amour n'était pas facile à cacher.

Même maintenant, prendre soin de lui était pour elle un plaisir. Elle adorait être avec lui. Est-ce que cela a fait d'elle une mauvaise personne ?

Elle termina la soupe et rapporta le bol à l'évier. Chloé attrapa plusieurs récipients dans le tiroir, les nettoya ainsi que les couvercles et versa la soupe dans les récipients. Elle a laissé le dessus pour laisser refroidir. Elle s'assurait de prendre une note et de la coller sur chaque couvercle, indiquant ce qu'elle avait fait. Encore une fois, c'était quelque chose que sa mère faisait. Une fois refroidis, elle a placé ceux dont ils n'avaient pas besoin au congélateur et a placé les restes qui ne rentraient pas dans un récipient au réfrigérateur.

Une fois que tout fut propre, elle alla prendre une vraie douche, enfila un pyjama, puis s'installa sur la chaise de la chambre, veillant sur Roman. Elle l'aimait tellement. Cet amour ne pouvait pas être faux.

Moins d'une heure après l'avoir observé, Roman s'est réveillé et elle a dû l'aider à aller aux toilettes. Elle lui frotta le dos pendant qu'il vomissait la soupe, et il gémit même en le faisant.

«Je déteste ça», dit-il.

Une fois qu'il eut fini, elle lui brossa les dents puis l'aida à se recoucher. Il était tellement hors de propos, mais il lui attrapa le bras, la serra fermement et la rapprocha.

"Je t'aime vraiment."

"Quoi?" elle a demandé.

L'avait-elle bien entendu ? Non, cela ne pourrait pas être possible. Elle ne doit pas avoir bien entendu.

"Romain?"

Il dormait déjà profondément.

Il l'aimait?

Qu'est-ce que ça voulait dire ?

Chapitre 10

Un mois plus tard

Chloé n'avait pas eu ses règles.

Roman a noté sa période du mois et elle n'avait pas demandé plus de serviettes hygiéniques ou de produits féminins. La première fois qu'elle avait dû les lui demander, elle avait été très gênée, même si cela ne le dérangeait pas. Cela faisait partie de Chloé et c'était la chose la plus naturelle au monde.

Cela faisait un mois qu'elle ne s'était pas occupée de lui aussi. Roman ne savait pas ce qui s'était passé pendant ce temps, car c'était flou. Chloé lui avait dit qu'elle lui avait donné de la soupe et il se plaignait beaucoup. Il refusait de croire qu'il se plaignait de quoi que ce soit. Il n'y avait aucune chance qu'il fasse une telle chose. Ce n'était pas un gros bébé. C'était un homme adulte et capable de supporter n'importe quelle maladie.

Debout dans le bureau de Zaitsev, attendant son arrivée, Roman ne savait pas vraiment pourquoi son patron l'avait appelé. Il était rare qu'il rencontre Zaitsev. En fait, la dernière fois, c'était à cause de Chloé. Zaitsev lui avait dit de s'en occuper et qu'il n'avait pas le temps de s'occuper de telles absurdités. Donc, il s'en était occupé – pas tout à fait comme Zaitsev l'aurait souhaité, mais c'était fait. Chloé n'était plus un problème. Elle ne serait plus prise au sérieux maintenant qu'elle était mariée avec lui. Non pas qu'elle ait été prise au sérieux auparavant.

Il se tenait à la fenêtre, surplombant la ville. La rumeur disait que Zaitsev avait le vertige, et la raison pour laquelle il a installé son bureau dans un immeuble en hauteur était pour combattre cette peur. Roman doutait que l'homme ait beaucoup de craintes.

"J'apprécie la vue ?"

Roman se tourna pour voir Zaitsev entrer dans son bureau. Le bureau était une façade où ils aidaient à traiter l'argent.

"C'est une bonne vue."

Zaitsev est venu se tenir à ses côtés. "Ah, oui, on voit loin."

Roman gardait les mains dans les poches.

« Je suppose que vous êtes curieux de savoir pourquoi je vous ai appelé ? »

"Oui," dit Roman.

"Je veux savoir comment les choses se passent avec votre épouse."

Roman sentait chaque partie de son corps tendue, mais il ne le montrait pas. Dans leur monde, la loyauté vous maintenait en vie, mais aussi le pouvoir. Il n'avait jamais contrarié Zaitsev. Il n'avait même pas été en colère contre lui lorsqu'il avait déclaré qu'il épousait Chloé.

"Tout va bien", a-t-il déclaré. "Chloé n'est plus un souci."

"Tu as raison. J'ai reçu un appel hier soir. L'un des flics m'a dit que quelqu'un les avait contactés, insistant sur le fait qu'ils détenaient des informations sur la Zaitsev Bratva. Ils étaient prêts à se rencontrer en personne. Zaitsev sortit un morceau de papier de sa poche et le tendit à Roman.

"Ce n'est pas Chloé." Hier soir, il a eu Chloé sous lui toute la nuit. Même une fois qu'il en avait fini avec elle, la faisant crier et supplier, il la tenait dans ses bras, la respirant. Roman profitait des quelques instants où elle s'endormait, où le sommeil lui semblait impossible, pour la serrer dans ses bras, ressentez-la et aimez-la.

"C'est votre domaine d'expertise."

"Homme ou femme?"

« Ils ne le diraient pas. Ils ont couvert leur voix », a déclaré Zaitsev. « Si c'est ta femme, Roman, tu ne peux plus lui donner de chances. Elle est un handicap et doit être supprimée.

La simple pensée de tuer sa femme lui envoyait un coup de poing dans le ventre.

"Ce n'est pas ma femme, mais si c'est le cas, pour Zaitsev, je m'en occuperai." Roman ne savait pas ce qu'il ferait, mais il devait croire que ce n'était pas sa femme.

Elle n'avait aucune possibilité de l'appeler, de le trahir. Chloé l'aimait. Il le savait et il savait qu'il lui serait difficile de lui tourner le dos. Si elle ne l'aimait pas, elle n'aurait pas pu prendre soin de lui, et il imaginait qu'après plusieurs mois de mariage, la vérité serait enfin éclatée. Elle ne voulait pas en savoir plus que nécessaire.

En quittant le bureau de Zaitsev, le morceau de papier qu'il tenait dans le poing avait l'impression de lui faire un trou dans la main. Il est sorti dans la rue. Les gens vaquaient à leurs occupations quotidiennes et il les regardait partir. Aucun d'eux ne semblait s'en soucier au monde. En regardant le morceau de papier, il comprit pourquoi Zaitsev avait des doutes.

Le parc où ils voulaient se rencontrer était proche de l'endroit où vivait Roman. Son immeuble était à moins de dix minutes. Sortant son téléphone portable, il composa le numéro de Chloé.

Elle répondit à la deuxième sonnerie. "Hé, où veux-tu que je te rencontre ?"

"Quoi ?"

« J'ai reçu un SMS il y a cinq minutes. Quelqu'un m'a dit de te rencontrer, je vais dans un café, pouah, téléphone stupide. Je ne sais pas de quel café il s'agit.

« Vous n'allez pas dans un parc ? Il a demandé.

"Non, et vos hommes étaient heureux de me suivre et de me permettre de partir."

Roman claquait des doigts en écoutant sa femme. "Chloé, je veux que tu fasses demi-tour et que tu retournes à l'appartement."

Merde. La personne était censée rencontrer les flics au parc dans moins de vingt minutes. Il n'avait pas beaucoup de temps.

"Mais tu voulais me rencontrer ?"

« Non, ce texte ne vient pas de moi. J'ai quelque chose à faire, mais je vous supplie de me faire confiance et de retourner à l'appartement. Il ne savait pas s'il s'agissait d'un test de Zaitsev. S'il choisissait Chloé, alors sa loyauté envers la Bratva était remise en question. Il ne pouvait pas mettre la vie de Chloé en danger.

"Ce n'est pas."

"Non, alors retourne à l'appartement. Tu vas faire ça, n'est-ce pas ?

"Oui."

"Super, mets Steele."

"Acier ?"

"C'est le gardien à la porte", a déclaré Roman.

Sa main était serrée en un poing. Roman n'a pas eu l'occasion de parler à Steele à la fin de l'appel.

"Merde! Putain!" Il plaqua sa main contre le volant.

Chloé ou le Zaitsev.

Cette merde n'était pas bien.

Dans son esprit, il a vu Chloé dès le moment où il est entré dans le bar. Elle lui avait offert un sourire, mais celui-ci était vide. Il vit la tristesse dans ses yeux, la solitude. Oui, il savait qu'elle avait perdu toute sa famille à cause de lui. Cette nuit-là, il était censé la tuer.

Cela aurait été une mise à mort rapide et facile. En fait, il l'avait suivie jusqu'à chez elle, avec l'intention de la faire sortir, mais il n'y était pas parvenu. Au lieu de cela, il s'est assuré qu'elle rentrait chez elle saine et sauve. Elle était tellement perdue dans sa solitude qu'elle n'avait même pas réalisé qu'il la suivait jusqu'à chez elle. C'était vraiment foutu ?

La nuit suivante, et la nuit d'après. Chaque soir, il allait la voir au bar. Il l'avait observée, lui avait parlé et l'avait lentement sortie de sa coquille. Oui, il avait menti sur son nom et sur qui il était, mais tout le reste était vrai. Le Zaitsev était sa vie, mais cela ne servait à rien sans Chloé. Il devait la protéger.

Remettant le contact, il appuya son pied sur l'accélérateur et partit. Il a dépassé la limite de vitesse mais était sûr de ne pas mettre sa vie en danger. Il devait se rendre là où se trouvait Chloé.

Ouvrant son téléphone portable, il s'apprêtait à appeler l'un de ses contacts au sein de la police. Il ne comprenait pas pourquoi les flics étaient allés à Zaitsev. Cette partie n'avait aucun sens pour lui.

La seule raison pour laquelle Zaitsev avait été informé de l'existence de Chloé était parce qu'elle disposait de preuves réelles. Cette autre personne n'avait donné aucun témoignage, tout était subjectif. Cela aurait dû lui arriver.

Alors qu'il s'apprêtait à passer l'appel, son téléphone portable se mit à sonner. Ce n'était pas un numéro qu'il reconnaissait. Répondant à l'appel, il pressa le téléphone portable contre son oreille. Personne n'a répondu. Roman n'allait pas être le premier à parler.

Puis il l'entendit : le léger cri féminin. Sa femme. Chloe.

"Vous avez fait une grosse erreur en prenant ma femme", a-t-il déclaré.

Il y eut un soudain tumulte. "Roman, tu devrais savoir maintenant que j'aime m'occuper des affaires."

"Zaïtsev !"

« Oui, mes hommes l'ont eue pendant que je parlais avec toi. Si vous connaissez mes véritables intentions, vous saurez exactement où me trouver.

Sur ce, l'appel prit fin et Roman ne put s'empêcher de se demander ce qui se passait. Pourquoi Zaitsev s'est-il impliqué ? Quel était son plan ?

****

Chloé regarda l'homme plus âgé. Il avait la soixantaine, du moins c'est ce qu'elle avait lu lorsqu'il y avait eu des articles de presse sur Zaitsev. Personne n'a prononcé son prénom. Elle ne savait pas pourquoi, mais tous les médias l'appelaient simplement Zaitsev.

Son cœur s'emballa alors qu'elle le regardait. Elle était tombée dans un piège. Au moment où elle a reçu le message, elle était un peu confuse. Roman ne lui a pas envoyé de message, mais les gardes à la porte semblaient savoir exactement ce que cela signifiait. Zaitsev les avait changés. Elle ne savait pas où étaient les hommes de Roman et elle n'avait aucune idée de l'endroit où ils allaient.

"Je suis sûr que tu sais qui je suis, n'est-ce pas, chérie ?" il a dit.

Chloé hocha la tête. Elle ne voulait pas paraître faible, mais les mots semblaient lui faire défaut.

Après avoir reçu le SMS, elle avait prévu de s'arrêter dans une pharmacie pour obtenir un kit de test de grossesse. Elle ne l'avait pas encore dit à Roman, mais elle avait le sentiment qu'il savait déjà que ses règles étaient en retard.

Se mordillant la lèvre, elle ne pouvait détourner le regard de l'homme à côté d'elle. Elle avait mal au ventre. Tout le monde prétendait que cet homme était un monstre, et compte tenu du fait qu'il venait de la kidnapper, elle en croyait chaque mot.

« Il ne faut pas avoir peur », a-t-il déclaré.

Cela ne la réconfortait pas. Elle le regardait. Il s'est assis et avait l'air si calme, si en paix.

Chloé était heureuse avant de recevoir un appel de Roman.

"Où est mon mari ?" elle a demandé.

Qu'avaient-ils fait de Roman ? Est-ce là que sa vie s'est terminée ? Zaitsev allait-il faire ce que Roman ne pouvait pas faire ?

"J'imagine qu'il essaie de comprendre où je t'ai emmené." Zaitsev se tourna vers elle. «Je peux comprendre pourquoi il est devenu si amoureux de toi. Vous êtes très différente de la plupart des femmes de notre monde.

"Roman n'est pas amoureux de moi", a-t-elle déclaré.

"Ne fais pas l'idiot avec moi."

«Je ne joue à rien. Je dis juste un fait, je ne le suis pas... Roman ne m'aime pas. Il ne voulait juste, je ne sais pas, que j'aille voir les flics.

"Maintenant, je commence à m'interroger sur le choix d'épouse de Roman." » Il a fait un petit bruit. "Je comprends que tu sois nerveux, mais je n'aime pas quand tu fais l'idiot."

« Je ne fais pas l'idiot. Roman ne fait pas l'amour.

"Non, Roman pense qu'il ne fait pas l'amour." Zaïtsev soupira. « Vous savez, cet homme n'a jamais rien raté pour moi. C'est l'homme le plus efficace que je connaisse. Un tueur naturel. Aucun travail n'est trop dur pour lui. Il fait disparaître tous mes problèmes. Il est bien plus que n'importe quel brigadier. C'est un homme puissant. Je sais que beaucoup d'hommes lui sont fidèles. Son père l'a aidé à devenir l'homme qu'il est aujourd'hui.

Chloé serra les dents et prit de profondes inspirations, ne voulant pas attirer l'attention sur le fait qu'elle était en vie. Pourquoi lui disait-il ces choses ?

« J'ai été mis au courant d'un problème. Maintenant, mes associés ne m'ennuient pas avec des détails pathétiques, car la vérité est que je n'en ai pas besoin. Ils ne comptent pas pour moi. Les hommes et les femmes vont et viennent comme des menaces. Mais il y a près d'un an et cinq ou six mois, j'ai reçu un appel m'informant qu'une femme était entrée dans le commissariat. Elle a demandé à parler à un policier intéressé par la Zaitsev Bratva et elle avait un dossier. Celui qui était assez détaillé. Le flic en question était un de mes amis personnels. Il m'a alerté du dossier et du problème, je n'ai donc eu d'autre choix que d'aller chercher mon homme. Celui connu pour nettoyer les détails.

"Tu as tué mes parents", dit Chloé, sentant les larmes lui remplir les yeux.

« Ce n'est pas tout à fait exact. Je n'ai pas tué tes parents. Malheureusement, ils se sont retrouvés au milieu d'une guerre de rue entre nos hommes et quelques proxénètes des rues. Il secoua la tête. « Avez-vous déjà demandé à Roman ce qui est arrivé à ces hommes impliqués ?

"Non." Elle renifla et se tourna pour regarder par la fenêtre. Chloé ne savait pas pourquoi il lui disait ces choses, ni même pourquoi il lui posait des questions. "Je n'avais aucune idée de qui il était et je ne l'ai découvert que le jour de notre mariage."

« Ah, oui, Roman voulait garder beaucoup de choses secrètes. Il avait espéré garder sa véritable identité cachée pendant une courte période. Ne trouvez-vous pas cela intéressant ? Il a demandé.

"Pourquoi?" Pour le moment, tout lui semblait confus. Elle ne savait pas si elle devait regarder par la fenêtre ou vers lui. Plus rien n'avait de sens pour elle.

Les larmes lui remplirent les yeux, mais pour une raison étrange, elles refusèrent de couler. Son corps tout entier était incroyablement lourd. Cet homme allait-il la tuer ?

"Enfin, nous sommes arrivés", a déclaré Zaitsev en regardant par la fenêtre. Elle vit qu'ils étaient arrivés à un grand portail en fer.

Zaitsev baissa la vitre et tapa sur le clavier. Elle n'a pas vu le code. Son cœur commençait déjà à s'emballer et elle avait mal au ventre. Elle n'arrêtait pas de se dire que tout irait bien, mais c'était la dernière chose qu'elle ressentait. Il n'y avait aucune chance que tout cela se passe bien. Comment est-ce possible? Elle enroula ses bras autour de son corps, essayant de ne pas se sentir malade, mais c'était impossible.

Les portes s'ouvrirent et la voiture s'engagea lentement dans une longue allée entièrement couverte de chaque côté par des arbres. L'ombre ne l'aidait pas à se sentir en sécurité.

Zaitsev n'a plus dit un mot jusqu'à ce que la voiture s'arrête devant une belle maison de campagne. Elle sentit le grondement de la voiture s'arrêter et Chloé regarda vers Zaitsev.

"Vous savez, j'ai toujours considéré Roman comme un ami formidable et personnel."

"Tu as?"

"Oui. Quand je suis venu vers lui avec toi comme problème, j'ai pensé qu'il lui faudrait quelques minutes pour le résoudre, mais ensuite les jours se sont transformés en semaines, puis les semaines en mois. J'ai demandé à des hommes de le suivre pour vous surveiller tous les deux. Puis j'ai réalisé quelque chose, et je suis presque sûr de le savoir et Roman n'en a aucune idée.

"Quoi?"

« Il est amoureux. Roman n'a jamais évité de faire face à un problème auparavant. Tuer une femme ne le dérange pas, mais tu n'étais pas n'importe quelle femme. Vous étiez une femme qui avait été blessée à cause d'un mauvais jugement. Son jugement appelle. Ce jour-là, il ordonna à ses hommes de se retirer. Il avait déjà un plan pour s'occuper des proxénètes, mais ils ont désobéi à ses instructions et, ce faisant, ils ont fini par tuer tes parents et quelques autres personnes en cours de route.

"Mon frère aussi."

"Tuer ta famille."

Chloé n'arrivait pas à croire qu'elle l'avait corrigé. Elle devait avoir un désir de mort ou quelque chose comme ça.

"Quoi qu'il en soit", a déclaré Zaitsev avant de poursuivre. « Les proxénètes des rues étaient soignés, et à l'époque, les hommes étaient punis. Cependant, après la nuit où il vous a rencontré, Roman s'est occupé de tous les hommes impliqués qui lui avaient désobéi.

"Quoi?"

« Roman les a tous tués. Il s'est assuré que le message était clair. Personne n'a désobéi à ses instructions, mais nous savons tous les deux pourquoi il l'a fait, n'est-ce pas, Chloé ? »

Elle ouvrit la bouche et la referma.

« Il l'a fait à cause de toi. Il t'a laissé tomber cette nuit-là.

"Je ne sais pas pourquoi tu me dis ça."

Zaïtsev soupira. « J'essaie de ne pas trop me mêler de la vie de mes hommes, mais avec Roman, il a été comme un fils pour moi. Je l'ai pris sous mon aile après la mort de son père. Je l'ai guidé, et maintenant je vais m'assurer qu'il soit heureux pour toujours.

Il ouvrit la portière de la voiture et Chloé n'eut d'autre choix que de sortir et de le suivre. Elle avait un mauvais pressentiment, mais il n'y avait aucun endroit où fuir ou se cacher.

Ils sont entrés dans la maison et ça sentait les biscuits aux pépites de chocolat et à la cannelle. Tellement invitant et doux. Cela lui a mis l'eau à la bouche. Elle ferma les yeux juste une seconde.

Zaitsev lui attrapa le bras et l'accompagna dans un grand couloir. Est-ce que ce serait le moment où il la tuerait ?

"Je m'attendais à ce que Roman te montre ça, mais je ne sais pas pourquoi il continue d'attendre." Sur ce, il ouvrit la porte et Chloé fut choquée par ce qu'elle vit.

Cela ne pourrait pas être possible.

Chapitre 11

Roman ne savait pas exactement à quel jeu jouait Zaitsev, mais en arrivant chez lui, il vit que les portes étaient déjà fermées.

"Merde!"

Il s'est arrêté devant la porte, a tapé son code, et les portes ont choisi ce moment pour être incroyablement lent. Cela le rendait fou. Il agrippa fermement le volant, essayant d'être patient, mais cela ne fonctionnait pas.

Finalement, après ce qui lui parut une éternité, les portes s'ouvrirent et il appuya le pied sur l'accélérateur. Rien ne pouvait arriver à Chloé. Rien. Il fallait qu'elle vive.

Il n'avait pas traversé tout cela pour qu'elle meure – pas maintenant. Il avait suivi chaque ordre. Il avait été le soldat et le brigadier parfait pour Zaitsev. Tout ce qu'il avait fait, c'était prendre Chloé pour lui. Il ne pouvait pas la lui enlever.

Il a garé sa voiture, est descendu et s'est précipité vers la maison, pour s'arrêter lorsqu'il a vu Zaitsev à la porte.

"Bonjour, Romain."

"Il n'y a eu aucune information, n'est-ce pas?"

"Non, j'avais juste besoin que tu sois distrait un peu. Je devais rejoindre Chloé et tout s'est bien passé.

"Pourquoi?"

"Il se trouve que je t'aime bien, Roman." Zaitsev s'approcha de lui. «Je te considère comme un fils. Votre père était un homme bon, un bon soldat, mais il était loin d'être aussi bon que vous. Si j'en avais eu l'occasion, je lui aurais promis de prendre soin de toi comme si tu étais le mien.

« Vous tueriez la plupart des hommes pour avoir pris Chloé pour femme ? »

« C'est vrai, mais tu vois, Chloé est une circonstance particulière. Elle est très utile, car j'ai entendu dire qu'elle avait une certaine spécialité dans la collecte d'informations.

"Je ne vais pas l'utiliser."

"Non, mais elle pourrait être exactement ce dont vous avez besoin, ce dont nous avons besoin, le moment venu. Tant qu'elle sera votre épouse et qu'elle vous sera loyale, elle restera en sécurité. Dès qu'elle voudra sortir, elle mourra.

Sur ce, Zaitsev partit et Roman se précipita chez lui. Il savait exactement où aller. Dans la pièce qu'il avait construite avec tous les objets personnels de la famille de Chloé. Tout ce qu'elle avait à vendre. Il entra dans la pièce et elle était là, assise sur l'une des chaises.

"Vous savez, c'était la chaise de mon père", a déclaré Chloé. « Maman détestait ça, mais il refusait de s'en débarrasser, alors elle a tenté de récupérer la chaise, pour qu'elle soit assortie aux autres meubles. Cela n'a jamais été le cas, mais maman ne voulait pas s'en débarrasser. Papa s'y asseyait tous les soirs pour déguster son chocolat chaud ou un whisky. Ma mère s'asseyait sur ses genoux. Il s'asseyait le matin de Noël pendant que mon frère et moi déballions les cadeaux de Noël. C'était difficile d'abandonner. Elle se leva et tendit la main vers le miroir par-dessus la cheminée. «Maman a adoré ça. Ils sont allés dans une friperie, et dès qu'elle l'a vu, elle a dû l'avoir. Papa détestait ça, mais sans sourciller, il l'a eu pour elle.

Elle se déplaçait dans la pièce, parlant de ses parents et de son frère, de leurs objets préférés et des souvenirs qui y étaient associés. Chloé vint se placer devant lui.

"Pourquoi voudriez-vous faire cela?" elle a demandé.

« Parce que ta famille n'avait pas grand-chose, Chloé. Je le sais, mais tu n'aurais pas dû les perdre quand tu l'as fait, et tu n'aurais pas dû avoir à abandonner tout ce que tu aimais.

Elle tenait le médaillon qu'il avait acquis il n'y a pas si longtemps.

"Est-ce tout?" elle a demandé.

Roman la regarda dans les yeux et il savait ce qu'elle attendait.

Dis-lui.

Sérieusement.

Ce n'est pas un secret.

Un homme ne fait pas tout son possible pour retrouver ses biens antérieurs s'il ne comprend pas l'amour.

«Je pense... je t'aime, Chloé Sidorov.»

"Tu penses seulement?" elle a demandé.

« Je ne sais pas ce qu'est l'amour, mais si l'amour, c'est rencontrer une femme et ne jamais vouloir la quitter, alors oui, je suis amoureux. Si l'amour a hâte de voir cette femme et que cela devienne la meilleure partie de votre journée, alors oui, je suis amoureux. Si vous dites de petits mensonges pour qu'une femme tombe amoureuse de vous afin qu'elle ne soit pas blessée par qui vous êtes réellement, alors oui, je le suis. S'il trouve tous les biens de sa famille et veut la mettre enceinte, et envisage presque de déclencher une guerre parce qu'il pensait que sa vie était en danger aujourd'hui, alors oui, je suis amoureux et je suis amoureux de toi. »

Chloé passa ses bras autour de lui et il l'attira plus près, la respirant. Il n'avait jamais connu de vraie peur, pas de sa vie, pas jusqu'à aujourd'hui, quand il pensait que Zaitsev allait la lui enlever.

"Je t'aime aussi."

Il lui saisit la nuque puis posa ses lèvres sur les siennes. Elle gémit et fondit contre lui. Roman rompit le baiser et fit glisser ses lèvres le long de son cou, suçant le pouls, entendant son soudain halètement doux alors qu'il le faisait.

«Je pense que je suis enceinte», dit-elle.

Roman la regarda dans les yeux. "Es-tu content de ça?" Il a demandé.

Elle rit. "Oui je suis heureux. Je vous pardonne. Je sais que tu n'as rien à voir avec la mort de ma famille, pas directement. Vous n'avez pas à vous sentir coupable de quoi que ce soit. Elle lui prit le visage en coupe.

"Et je t'aime. Je ne vais pas chez les flics. Je ne ferai rien d'autre que t'aimer.

Le cœur de Roman battait à tout rompre et il la regarda dans les yeux. Il avait connu la colère, la douleur, la tristesse, le chagrin, mais il n'avait jamais connu le véritable amour, ni la joie, ni le bonheur, et à ce moment-là, il comprit enfin ce que c'était et que cela valait la peine de se battre.

Chloé était à lui. Il ferait tout ce qui est en son pouvoir pour la protéger.

Elle était l'amour de sa vie.

Épilogue

Cinq ans plus tard

Chloé regardait Roman assis par terre avec leur fils de presque cinq ans, conduisant un train sur la voie ferrée. Arthur était assis entre ses jambes, tout excité.

Elle sirota son chocolat chaud puis se dirigea vers sa petite fille qui dormait profondément. Roman l'avait déjà bercée pour l'endormir. C'était le matin de Noël, le cinquième qu'ils partageaient ensemble. Lors de la première, elle était très enceinte d'Arthur, dont l'anniversaire était dans quelques semaines, et il aurait cinq ans.

Roman n'avait pas su comment gérer Noël la première année, alors Chloé lui avait montré quoi faire. Ils avaient acheté ensemble un sapin de Noël pour leur maison de campagne ainsi que pour leur appartement en ville. Elle l'avait également emmené acheter des décorations, et lorsqu'il lui avait demandé s'ils les jetaient à la fin de l'année, elle a failli avoir une crise cardiaque. Non. Vous avez sauvegardé vos décorations pour chaque année et Chloé espérait y ajouter des éléments, créant ainsi des souvenirs.

En ce qui concerne les décorations de Noël de ses parents, aucune n'était récupérable. Principalement parce qu'elle n'avait pas d'autre choix que de les jeter car personne ne les achèterait. Ils avaient beaucoup de souvenirs. Désormais, elle allait se créer de nouveaux souvenirs avec son mari et ses deux enfants. Roman ne le savait pas encore, mais elle lui dirait plus tard qu'elle était enceinte de leur troisième enfant.

Roman, l'assassin des Zaitsev, était l'un des hommes les plus romantiques, charmant, doux et un père brillant. Il avait été terrifié par Arthur, craignant de le laisser tomber, de « tout foutre en l'air », comme il disait.

Chloé avait su dès le moment où il l'avait tenu dans ses bras que leurs enfants ne connaîtraient jamais une mauvaise journée, parce que Roman ne le permettrait pas. Il se battrait pour eux tous.

Au cours des cinq dernières années, elle avait fait la paix avec Zaitsev et attendait même avec impatience l'homme plus âgé, qu'on appelait son grand-père parce que leurs enfants n'avaient personne d'autre. Elle en était venue à aimer Zaitsev et le considérait comme un guide et un mentor.

Après avoir donné naissance à Arthur, Zaitsev avait demandé son aide pour recueillir des informations sur un vif d'or présumé. Roman ne voulait pas qu'elle le fasse, mais Zaitsev l'a prévenue que cela les mettait tous en danger. Alors, elle l'a fait.

Elle détenait la marque Zaitsev, appartenait à Roman et avait juré sa fidélité à la Zaitsev Bratva. Elle en faisait partie.

Roman la regarda et sourit. Elle n'avait aucun regret. Roman lui avait tout dit, et même maintenant, il n'y avait plus de secrets entre eux.

Il lui tendit la main et elle entra dans la pièce. S'asseyant, elle attrapa sa petite fille, lui tenant la main, puis posa sa tête sur l'épaule de Roman.

"Aimez-vous jouer avec les trains ?" » a demandé Chloé.

"J'adore jouer avec mon fils", a déclaré Roman en l'embrassant sur les lèvres. "Et je sais déjà que nous allons en avoir un autre." Il lui fit un clin d'œil.

Chloé éclata de rire.

C'était du bonheur.

Et elle ne le changerait pour rien au monde.

La fin

Don't miss out!

Visit the website below and you can sign up to receive emails whenever Ashley Colem publishes a new book. There's no charge and no obligation.

https://books2read.com/r/B-A-TMQAB-BXWOC

BOOKS 2 READ

Connecting independent readers to independent writers.

Did you love *Bien Trop Brutal*? Then you should read *Obsede Par Elle*[1] by Ashley Colem!

[2]

Je la regarde depuis des années.

C'est mon obsession.

Et quand sa voiture tombe en panne sur le bord de la route et que je peux la récupérer dans mon magasin, j'ai enfin la chance de la faire mienne.

J'ai juste l'outil dont elle a besoin.

---

1. https://books2read.com/u/3JeYjB

2. https://books2read.com/u/3JeYjB

Also by Ashley Colem

Bien Trop Brutal
Obsede Par Elle
Limite dépassée
Amour Improbable
Kataliya, la Parfaite Élue
Le Choix Ultime d'un Seul Amour
Sexe à Répétition
Taïna est en feu